मौत की किताब

ख़ालिद जावेद

ख़ालिद जावेद

मौत की किताब

(नॉवेल)

rekhta
publications
राजकमल प्रकाशन

rekhta publications
राजकमल प्रकाशन

रेख़्ता पब्लिकेशंस
बी–37, सेक्टर - 1, नोएडा
उत्तर प्रदेश - 201301

contact@rekhta.org | www.rekhtabooks.com
www.rajkamalprakashan.com

प्रथम संस्करण : 2021
पुनर्मुद्रण : 2025

ISBN : 978-93-91080-02-0
मूल्य : ₹ 299

मौत की किताब (नॉवेल)
ख़ालिद जावेद

मूल भाषा : उर्दू
लिप्यंतरण : देवनागरी (हिंदी)

मुद्रक : मणिपाल टेक्नोलॉजीज़ लिमिटेड

आवरण एवं पुस्तक सज्जा
रेख़्ता

इन्तिसाब

संस्कृत ज़बान
के पुर-अस्रार हर्फ़
ऋ
और
इस नॉवेल के आख़िरी वरक़
के नाम

फ़ेह्‌रिस्त

अ'र्ज़-ए-मुसन्निफ़

अक्सर मैं सिद्क़ दिल के साथ ख़ुद से ये सवाल करता हूँ कि मैं आख़िर लिखता क्यों हूँ? लिखना और ख़राशें डालना तक़रीबन एक जैसी बातें हैं। संस्कृत की 'ऋ' धातु पर ग़ौर करें तो बात और साफ़ हो जाती है। पत्थर पर ख़राशें डालना, उसे उधेड़ना, रगड़ना और तकलीफ़ पहुंचाना। लिखना यही सब तो है । 'ऋ' धातु के मुताबिक़ ''लिखना'' वो है कि मुसन्निफ़ और उस की तहरीर में कोई दुई या दूरी न बाक़ी रहे 'ऋ' आग के जलने की आवाज़ है जो लिखने की तमाम आलाइशों को जला कर राख कर देती है। इसलिए मुझे अपने जुर्म का एहसास है। मैं जो लिखता हूँ वो पत्थर पर ख़राशें डालने के बराबर है। मुझे नहीं मा'लूम कि पत्थर को वाक़िअ'तन कोई तकलीफ़ पहुँचती है या नहीं, मगर मेरे नाख़ुन तो उखड़ उखड़ जाते हैं। लिखना एक तक-लीफ़-देह अ'मल का नाम है। लिख कर आप दूसरों को ईज़ा[1] पहुंचाते हैं और ख़ुद आपके अंदर भी एक गहरा ज़ख़्म उग आता है। मैं ने बारहा ईमानदारी के साथ ये सोचा है कि मुझे लिखना बंद कर देना चाहिए, मगर मेरी बद-मज़ाक़ियों[2] के ये सिलसिले ख़त्म ही नहीं हो पाते। किसी आसेब के ज़ेर-ए-साया मेरे नाख़ुन बार-बार पत्थर पर लकीरें डालने के लिए लपकते रहते हैं। चुनांचे मेरे क़ारी को ये आज़ादी हासिल है कि वो जब चाहे, या जहाँ से चाहे इस किताब को पढ़ना बंद कर सकता है या उसे खोल कर ही न देखे और उसे नाले में डाल कर बहा दे। मेरे दिल को उस के इस आज़ादाना अ'मल से किसी क़िस्म का अफ़सोस होने या इस में कुदूरत[3] पैदा होने का कोई अंदेशा नहीं है

मैं जनाब शम्सुर्रहमान फ़ारूक़ी साहब का शुक्र-गुज़ार हूँ कि उन्होंने

---

1 कष्ट 2 वह रूचियाँ जो अच्छी न हों 3 गन्दगी

बावजूद अपनी मस्रूफ़ियत और अ'लालत[1] के मेरे नाविल में न सिर्फ़ ग़ैर-मा'मूली दिलचस्पी ली बल्कि जगह-जगह इमला और ज़बान की गलतियाँ ठीक करने के साथ-साथ नाविल की नोक पलक दुरुस्त करने में भी मुझे अपना हद दर्जा तआ'वुन[2] बख़्शा

ख़ालिद जावेद

1 रोग 2 मदद

कोई फूल, पत्ता, या पौदा कितना ही नाजुक, कितना ही ख़ूबसूरत, हैरत-अंगेज़[1] और मुख़्तलिफ़ क्यों न हो, किसी अनाड़ी की आँख को वो ज़ियादा देर तक मसर्रत नही बख़्श सकता। नबातात[2] की रंगारंगी से हज़ उठाने के लिए ज़रूरी है कि उसकी थोड़ी बहुत समझ तो हो, मुख़्तलिफ़ पौदों के आपसी रिश्तों, उनकी ख़ुसूसियात[3] और उनकी इन्फ़िरादियत[4] का कुछ इ'ल्म ज़रूर हो और सबसे ज़ियादा इ'ल्म तो मिट्टी का होना चाहिए।

जीन-जैक्स रूसो

---

1 आश्चर्यपूर्ण 2 पौदे 3 विशेषताएँ 4 आद्वितीय

कोई नज़्म पढ़ने वाले के लिए नहीं है, कोई तस्वीर देखने वाले के लिए नहीं है और कोई मौसीक़ी सुनने वाले के लिए नहीं है।'

वाल्टर बेंजामिन

बचपन में पहली बार मैं गैस का ग़ुब्बारा हाथ में थामे एक सड़क पर दौड़ता चला जा रहा था। मैं बहुत शाद और मगन था कि ग़ुब्बारा एक आवाज़ के साथ फट गया। मैंने पीछे मुड़ कर देखा, सड़क पर क़ाबिल-ए-रहम[1] अन्दाज़ में एक पिचकी हुई रबड़ की लजलजी सी शै पड़ी हुई थी।

अब इस उ'म्र में आकर मुझे ये समझ में आ गया है कि वो पिचकी हुई शै दुनिया थी।

होज़े सारा मागो

---

1 दयायोग्य

मुक़द्दमा

ये मत्न[1] मुझे एक क़लमी नुस्खे.की शक्ल में आज से ठीक तीन साल क़ब्ल दरयाफ़्त[2] हुआ था जब मैं अपनी तहक़ीक़ात के दौरान गिरगिटा तिल मास के उन खन्डरात में भटक रहा था जिनके बारे में अब ये बात पाया-ए-सबूत को पहुंच चुकी है कि वो एक पागलख़ाने के खन्डरात हैं। आसार-ए-क़दीमा[3] के बैनुल-अक़वामी[4] इदारे ने छः अफ़राद की टीम को मशरिक़-ए-बई 'द[5] के इस ख़ित्ते में रवाना किया था जहां तक़रीबन दो सौ साल पहले 'गिरगिटा मास' नाम का एक छोटा सा शहर आबाद था और एक पागलख़ाने, गिरगिटों की बोहतात और तिल की खेती के लिए मशहूर था। मरकज़ी सरकार की तरफ़ से एक हाईड्रो इलेक्ट्रिक डैम बनवाने की ग़रज़ से इस शहर को ग़र्क़-ए-आब[6] कर दिया गया था। ग़र्क़-ए-आब करने से पहले इस शहर की सारी आबादी को दूसरी जगह बसाया गया था। मगर इधर चंद बरसों से कायनात का माहौलियाती[7] तवाज़ुन बिगड़ जाने के सबब इस ख़ित्ते की सारी नदियाँ सूख गईं या उन्होंने अपना रास्ता बदल लिया। पहाड़, मैदानी इलाक़ों में बदल गए। वो बिजली घर एक उज़्व-ए-मुअ 'त्तल[8] बन कर रह गया। उसे मिस्मार[9] कर दिया गया और उस के बा 'द नीचे से ये डूबा हुआ शहर खन्डरात और मलबे की शक्ल में दो सौ साल बा 'द दुबारा उभर आया। बहरहाल इन सब बातों से क़त-ए '-नज़र[10], ये मख़्तूतात[11] ख्वा मुझे उन्हीं खन्डरात में एक जगह एक टूटे हुए पत्थर के अंदर रखा हुआ मिला। ये काली जिल्द वाला एक मुजल्लद नुस्ख़ा था जो पत्थर पर जमी हुई काई और उस की दरार में उगे हुए ख़ुदरौ झाड़ झंकार और कुछ जड़ों के बीच फंसा हुआ था। ये पत्थर यक़ीनन उसी पागलख़ाने की दीवार का था। हैरत की बात सिर्फ़ इतनी है कि दो सौ साल तक पानी में डूबी रहने के

---

1 पाठ 2 खोज 3 पुरातत्व विभाग 4 राष्ट्र संघ 5 चीन, जापान, फिलिपींस, ताइवान संबंधी 6 पानी में डूबना 7 पर्यावरण 8 नश्क्रिया अंग 9 विखण्डित 10 से हटकर 11 हस्तलिखित सहयोग राशि

बावजूद इस किताब को कोई नुक़्सान नहीं पहुंचा था। कोई वरक़ गला हुआ ना था, जिल्द भी सही-ओ-सालिम थी। न जाने कैसे पानी ने इस पर कोई असर ही नहीं किया था। मुझे चूँकि क़लमी नुस्ख़ों और मख़तूतात[1] वग़ैरह से दिलचस्पी है इसलिए मैंने इसे पत्थर की दरार के अंदर से निकाल कर और झाड़ पोंछ कर अपने पास हिफ़ाज़त से रख लिया। ये नुस्ख़ा एक अजीब-ओ-ग़रीब ज़बान में लिखा हुआ था, जिसका एक एक हर्फ़ मेरे लिए अंजान और मुकम्मल तौर पर नाक़ाबिल-ए-फ़हम[2] था

दस दिन तक गिर ग्टिा तिल मास में ठहरने के बा 'द हमारी टीम अपना काम मुकम्मल करके वापस आ गई और उसने इदारे को अपनी रिपोर्ट पेश कर दी जिसकी रू से अब इन दो मल्टीनेशनल कंपनियों को इस ज़मीन पर दुनिया का सबसे बड़ा स्टील यूनिट क़ायम करने की इजाज़त मिल सकती थी क्योंकि गिर ग्टिा तिल मास में हमें ऐसी कोई शै या मलबे में दबी हुई इमारत नहीं मिली जो आसार-ए-क़दीमा[3] के ए 'तिबार से किसी अहमियत की हामिल हो। जहाँ तक पागलख़ाने के खन्डरात का सवाल है, तो इस की भला क्या तारीख़ी अहमीयत हो सकती थी?

मगर मेरी तवज्जोह इस किताब से न हट सकी। मैंने जब इस ज़बान और रस्मुल-ख़त के बारे में छान-बीन की तो सिर्फ इतना मा 'लूम हो सका कि ये ज़बान दो सौ तीन सौ साल पहले तक इस इलाक़े और क़ुर्ब-ओ-जवार में लिखी पढ़ी और बोली जाती थी, लेकिन अब सारी दुनिया में ढूँढने से शायद ही कोई इस ज़बान को समझने वाला मिल सके। दुनिया की कोई लाइब्रेरी ऐसी नहीं है जहां इस ज़बान में लिखी हुई कोई किताब आसानी से दस्तियाब हो सके। इंटरनेट से भी इस ज़बान के अदीबों के बारे में तफ़सीलात[4] को न जाने कब का हटाया जा चुका है और Digital Form में भी कुछ महफ़ूज़ नहीं किया गया है।

1 पाँडुलिपियाँ 2 समझ में आने वाला 3 पुरातत्व विभाग 4 विस्तृत जानकारी

इस ज़बान के मिट जाने की वुजूहात[1] पूरी तरह रौशन नहीं हैं। कुछ मुल्की सियासत, कुछ ज़बान की अपनी क़िस्मत और कुछ इस ज़बान को लिखने पढ़ने वाली क़ौम की बे-हिसी या माद्दा-परस्ती[2] इस के मिट जाने के अस्बाब हो सकते हैं, मगर सर-ए-दस्त यहाँ इस तफ़सील में जाने का मौक़ा' नहीं है।

आख़िर-कार मैंने इस मतन[3] को अपने दोस्त ज़ाँ ह्यूगो को भिजवाया जिसका शजरः-ए-नसब[4] मशहूर मुहक़्क़िक़[5] और मुस्तश्रिक़[6] गासाँ ज़ा तासी से जाकर मिलता है, मैंने ह्यूगो के मुँह से अक्सर गासाँ ज़ा तासी का नाम सुना था और ये भी कि उस ने चंद मशरिक़ी ज़बानों को सीखा था और उन के मुतालिआ'त[7] के मैदान में उसने बा'ज़ अहम तहक़ीक़ी काम अंजाम दिए थे।

तक़रीबन एक साल तक मुझे ह्यूगो की तरफ़ से कोई जवाब मौसूल नहीं हुआ मैं भी उस नुस्ख़े. को तक़रीबन भूल ही गया था कि एक दिन उस का ख़त मिला जिस में ये इत्तिला' थी कि वो इस मत्न को तक़रीबन पूरे का पूरा पढ़ने में कामयाब हो गया है। उस के कम्प्यूटर में इस रस्मुल-ख़त[8] की चंद प्रोग्राम फाइलें मौजूद थीं जो उस ने बड़ी मुश्किल से दरयाफ़्त कीं। ह्यूगो ने मुझे इस नुस्ख़े. का मशीनी तर्जुमा करके इरसाल[9] कर दिया

ये वही तर्जुमा है जिसे मैं आपकी ख़िदमत में पेश करने की जुरअत कर रहा हूँ। नुस्ख़े. पर किसी मुसन्निफ़ का नाम नहीं है, न कुछ पता चलता है कि ये किस ने लिखा होगा। मैंने अपनी तरफ़ से इस मतन में न कुछ इज़ाफ़ा किया है और न ही कुछ हज़्फ़ किया है। मगर मतन में जगह जगह बग़ैर किसी रब्त[10] के बहुत से पैराग्राफ़ तकरार की शक्ल में थे, जैसे मुसन्निफ़ ये भूल जाता हो कि वो उन्हें मिन-ओ-अन उसी तरह

---

1 कारणों 2 भोतिकवाद 3 पाठ 4 वंशावली 5 खोज करने वाला 6 पूरबी देशों के इतिहास का पाश्चात्य विपेशज्ञ 7 अध्यपनों 8 लिपि 9 भेजना 10 जुड़ाव

पहले भी लिख चुका था। लिहाज़ा मैंने तहक़ीक़ के उसूलों की पैरवी करते हुए इन मुकर्ररात[1] को शामिल नहीं किया है। इस के अलावा, इमला और तज़कीर-ओ-तानीस[2] की ग़लतियाँ भी इस मत्न में बहुत हैं ,मगर न तो ह्यूगो ने अपने तर्जुमे में उन्हें ठीक करना मुनासिब समझा और न ही मैंने, क्योंकि मुम्किन है कि उस ज़माने की क़वाइद की रू से ये दुरुस्त हों। दूसरी अहम बात ये है कि किताब के आख़िरी वरक़ सादा हैं। इन पर कुछ भी तहरीर नहीं है, मगर उन पर बाक़ायदगी के साथ नंबरों का इंदिराज किया गया है। या 'नी मुसन्निफ़ ने जान-बूझ कर उन्हें सादा ही रहने दिया है, मगर किताब के ख़त्म हो जाने के बावजूद उस के इख़्तिताम का कोई वाज़ेह निशान नहीं मिलता, इसलिए मैंने भी मुहक़्क़िक़ाना[3] दियानतदारी[4] से काम लेते हुए उन औराक़ को उसी तरह शामिल कर लिया है जैसे कि वो असल नुस्खे. में जाते हैं। मख़्तूते[5] में कुछ स्केच या इशकाल[6] भी थीं, वो भी जूँ की तूँ शामिल कर ली गई हैं।

अब मैं इस किताब को उस ज़बान में शाए कर रहा हूँ जिससे आज दुनिया का हर शख़्स वाक़िफ़ है। इस किताब को शाए करने का मक़्सद सिर्फ़ ये है कि इस को पढ़ कर शायद किसी को उस ज़माने के इंसानों के जज़्बाती, इन्फ़िरादी[7] या इज्तिमाई '[8] मसाइल और उन के दुख-सुख का कोई सुराग़ हासिल हो सके, वर्ना ये किताब न तो गिरग्टिा तिल मास की किसी तारीख़ी जेहत पर रौशनी डालती है और न ही अदबी नुक़्ता-ए-नज़र से ये कोई काबिल-ए-ज़िक्र किताब क़रार दी जा सकती है। ज़ियादा से ज़ियादा इसे Dutch Writing के ज़ुमरे में रखा जा सकता है, जो नशे के ज़ेर-ए-असर लिखी जाने वाली किसी तहरीर को कहते हैं

मैं अपने दोस्त जाँ ह्यूगो का ममनून हूँ कि असल काम तो उसका ही है और उसकी मेहनत और मदद के बग़ैर आज ये किताब मंज़र-ए-

1 पुनराहत्तियाँ 2 स्त्रीलिंग संबंधी 3 शोध संबंधी 4 ईमानदारी 5 पांडुलिपि 6 आकृतियाँ, सामूहिक 7 अकेले 8 बहुत के संपर्क में 9

आ 'म पर नहीं आ सकती थी, अगरचे वो उस के शाए करने के ख़िलाफ़ था क्योंकि उसकी नज़र में ये महज़ एक कार-ए-अ 'बस[1] है और इस से कोई नतीजा बरामद होने का इमकान[2] नहीं है।

यकुम अप्रैल, 2221

---प्रो.फ़ेसर वाल्टर शिलर
शो 'ब-ए-आसार-ए-क़दीमा
सेवकर्गीफ़र्ट यूनीवर्सिटी
सेवक्रेगफ़र्ट

1 व्यर्थ का कार्य 2 संभाव

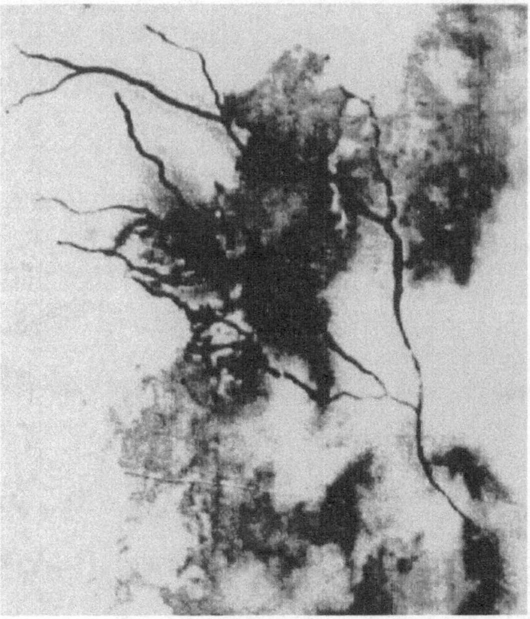

पहला वरक़

ऐसी रातें कम आती हैं। पंद्रह बीस साल में शायद एक-बार आज की रात भी ऐसी ही है जब चाँद से ज़मीन की दूरी कम हो जाती है और उस की चमक में भी इज़ाफ़ा हो जाता है। मैं घबरा कर, यहाँ अंदर वाले कमरे में उकड़ूं बैठा हुआ हूँ। चाँद की ये हालत तक़रीबन चार घंटे रहेगी और ये वक़्त दुनिया पर भारी होगा। तबाह-कुन[1] तूफ़ान और ज़ल्ज़ले आने के अंदेशे और इमकानात[2] हैं। तमाम घरों में सन्नाटा है। गली में भी किसी के क़दमों की चाप नहीं सुनाई देती। सब ख़ौफ़ज़दा हैं और अपनी अपनी इ'बादत में मशग़ूल हैं। यूँ भी चाँद की रौशनी के मुज़िर असरात से कौन वाक़िफ़ नहीं। घबराहट, ख़ून का दबाव बढ़ जाना और ख़ुद को हलाक करने की शदीद ख़्वाहिश।

उकड़ूँ बैठ कर मुझे हमेशा आराम मिलता है या शायद मुझे फ़र्श पर उकड़ूँ बैठने की आ'दत पड़ गई है। मेरे घुटनों की प्यालियाँ, मेरी पिंडलियाँ और एड़ियाँ जब सुन हो जाती हैं तो ज़मीन की कशिश-ए-सक़्ल उन से हार जाती है और मैं इस ख़ाली ज़मीन को ज़लील करने का कोई मौक़ा हाथ से नहीं जाने देता

इस अंधेरे कमरे में, एक कोने में मेरी माँ का ढोल रखा हुआ है। अक्सर मेरा जी चाहता है कि उस ढोल को ज़ोर ज़ोर से बजाने लगूँ, मगर फिर मुझे एहसास होता है कि अभी वो वक़्त नहीं आया। आदमी को किसी भी आला-ए-मौसीक़ी[3] का इस्ति'माल तब ही करना चाहिए जब वो ख़ुद एक राग में तबदील हो जाए जो मैं नहीं हूँ। इस कमरे की

---

1 तबाही मचाने वाला 2 संभावनाएं 3 राग

अक़्बी दीवार में एक रौशन-दान है जिससे आज की रात के ख़ौफ़नाक चाँद का एक कोना झाँक रहा है। रौशन-दान के फ्रेम़ पर एक गिरगिट की लम्बी दुम चिपकी हुई है। दीवार के पीछे एक गली है, उस गली के मोड़ पर बाएँ तरफ़ एक दूसरी गली है जो आगे जाकर बंद है। वहाँ एक सूखा कुआँ है जिसमें लोग कूड़ा कर्कट और लावारिस कुत्ते बिल्लियों की लाशों को डालते रहते हैं। ये लाशें वहाँ सड़ती रहती हैं, क्या आज की रात का ये ख़तरनाक और ग़ुस्सा-वर चाँद उस सूखे हुए कुँएं के मुर्दा सोते को दुबारा ज़िन्दा करेगा? क्या ये इस घूरे से पटे हुए तारीक कुँएं को किसी मद्द-ओ-जज़्र[1] से आश्ना करेगा? मुझे नहीं मा'लूम मैं इस रात और इस चाँद से हर्गिज़ नहीं घबरा रहा हूँ। मैं यहाँ अकेला नहीं हूँ। मेरे साथ कोई और भी है। मैं दर-अस्ल अपने दिल पर चुभती हुई एक सफ़ेद नुकीली हड्डी से घबरा कर यहाँ आ बैठा हूँ। कई दिन से ऐसा हो रहा है, ये हड्डी मेरे दिल के अंदर पैवस्त हुई जाती है और शाम से लेकर आधी रात तक मैं इसी तरह इस मकान में जगह जगह उकड़ूँ बैठा फिरता हूँ। कभी इधर ज़ीने की बोसीदा सीढ़ियों पर, कभी कच्चे आँगन में और कभी अपने सोने के कमरे में

इस कमरे के बाहर, बरामदे में मेरा बाप चैन से खर्राटे लेते हुए सो रहा है। और दूसरी तरफ़ बराबर वाले कमरे में, मेरी बीवी अभी बिस्तर पर करवटें बदल रही होगी। मगर मैं यहां अकेला नहीं हूँ। मेरे साथ कोई और भी है, अज़ल से ही मेरे पीछे लगा हुआ। मेरे साथ कौन है? ख़ुदकुशी ? हाँ यक़ीनन वही है

ख़ुदकुशी लगातार मेरा पीछा कर रही है, वो हमेशा से मेरे साथ है, जब से मैंने होश सँभाला है, (मैंने होश कब से सँभाला है? उसे अपने साथ ही देखा है, मगर मैंने शायद ग़लत कहा कि ख़ुदकुशी मेरा पीछा

---

1 उतार-चढ़ाव

कर रही है। मुझे कहना चाहिए कि वो तो मेरे साथ ही पैदा हुई थी। मेरी हम-ज़ाद[1] और मेरी अज़ली[2] रफ़ीक़। मुझे ये भी क़बूल कर लेने में कोई ताम्मुल ना होना चाहिए कि वो मेरे साथ ही पैदा हुई थी मगर मुझसे ज़ियादा हसीन है। ये ऐसी कोई ख़ास बात भी नहीं है क्योंकि हर इन्सान की ख़ुदकुशी बहरहाल उस इन्सान से तो ज़ियादा बेहतर होती ही है। एक नादिर ख़्याल, एक उम्दा तसव्वुर, हमेशा छोटी आंत या बड़ी आंत से अफ़ज़ल ही होता है और इन्सान छोटी आंत या बड़ी आंत के सिवा और क्या है और अगर वो इन मकरूहात[3] से अलग कोई शैय है तो मुझे उस का इ 'ल्म नहीं।

मैं ख़ुदकुशी को अक्सर अपने सामने बैठी मुस्कुराती हुई भी देखता हूँ। ये बड़ी मेहरबान मुस्कुराहट है, शाज़-ओ-नादिर[4] ही कभी इस मुस्कुराहट में तंज़ पैदा होता है, वो भी तब जब मेरी बे-ग़ैरतियाँ और हिमाक़तें ख़ुद मेरे लिए भी ना-क़ाबिल-ए-बर्दाश्त हो जाती हैं, वर्ना ख़ुदकुशी की इस मुस्कुराहट की ढलान और इस के कोने हमेशा ठंडे और साफ़-ओ-शफ़्फ़ाफ़ पानी की एक झील पर झुके रहते हैं। वो झील क़ुदरती नहीं है, उसे तो ख़ुदकुशी ने ही बड़े बड़े ऊंचे पहाड़ों को तोड़ कर और भारी पत्थरों का मलबा ख़ुद अपने ही जफ़ाकश[5] हुनरमन्द और बेबाक हाथों से उठा कर तश्कील[6] किया है

मगर मेरी तमाम बे-शर्मियों और तोता चश्मियों में ये भी शामिल है कि मैं ख़ुदकुशी को हमेशा नज़र-अंदाज ही करता आया हूँ, उस के हिस्से की तवज्जोह मैंने आज तक उसे नहीं दी है और उस की ख़ूबसूरत झील की तरफ़ भी ज़ियादा-तर तो मैंने हक़ारत[7] और बे-मुरव्वती के साथ ही चहल क़दमी की है।

यूं तो दुनिया में मुझ पर बड़े बुरे वक़्त आए हैं, अ 'जीब क़िस्म की

1 स्वंय से उत्पन्न 2 आदिकालीन 3 धृणित 4 कभी-कभी 5 निष्ठाहीन 6 आकार देना 7 तिरस्कार

ज़िल्लतों से सामना करना पड़ा है, मगर मैं सब बे-शर्मी के साथ एक चिकना घड़ा बन कर झेल गया, दुनिया जगह ही ऐसी है, ये बिल्कुल ख़ाली है। तमाम इमकानात[1] से ख़ाली, इस में कुछ भी नहीं है। मुझे इस अम्र का शिद्दत के साथ एहसास होता है कि मैं अपनी मर्ज़ी से तो यहाँ नहीं आया था। मैं तो इस तरह दुनिया में उंडेल दिया गया था जिसे एक मिट्टी के बद-रंग लोटे से पानी। और अब यहाँ लगातार गदला होता जा रहा था। गदले और मैले होते जाने के अलावा मेरे बस में कुछ भी न था। आलूदगी-ए-जिस्म से माटी में अट गया। (मीर) किसी का मिस्रा' है।या शायद मेरा ही हो क्योंकि ऐसी ऊटपटांग बातें मुझ सिवा किसे सूझती होंगी।

ये जो दुनिया के बारे में इतनी मन गढ़त कहानियाँ सुनाई जाती रहती हैं, उनकी हक़ीक़त कुछ भी नहीं। यहाँ मौजूद इंसानों की भीड़, उनका जम्म-ए-ग़फीर[2], रिश्ते, तबक़ाती[3] कश्मकश, समाजी ना-इंसाफ़ियाँ, जंग-ओ-जदल, मुहब्बतें, नफ़रतें, दहशत-गर्दियाँ, सियासी और मआ'शी बे-हमवारियाँ[4] और न जाने क्या-क्या अल्लम-ग़ल्लम, ये सब अज़ल से वीरान कुर्र-ए-अर्ज़[5] पर किसी दूसरे सय्यारे[6] के इंसानों के देखे गए ख़्वाब हैं, ये इस दुनिया में लटकती हुई उल्टी तस्वीरें हैं। हज़ारों साल से इस दुनिया को बेहतर बनाने के लिए बड़ी संजीदगी और जोश के साथ जो कोशिशें की जा रही हैं, उन की हक़ीक़त हवाओं में झूलती तस्वीरों पर ख़ंजर बाज़ी के एक शौक़-ए-रायगाँ[7] के सिवा कुछ भी नहीं।..... ये सब मुझे ऐसे ही नहीं मा'लूम हो गया है, मगर मैं कोई सूफ़ी, वली या दरवेश भी नहीं हूँ। सच तो ये है कि मैं एक बहुत ही ग़लीज़ और कीना-परवर[8] क़िस्म का बुज़दिल आदमी हूँ और दुनिया के बारे में इ'ल्म-ओ-इरफ़ान या आगही[9] के लिए मेरे पास कोई जंगल, ग़ार, चीते की खाल या कोई

---

1 संभावनाएँ 2 विशाल भीड़ 3 वर्ग संबंधी 4 समतलना होना 5 धरती 6 ग्रह 7 कार्य का शौक़ 8 दुर्भावना पूर्ण 9 असीमित

इस्म-ए-आ 'ज़म होने का सवाल ही नहीं पैदा होता।

ये आगही तो दर-अस्ल मुझे एक ठंडे पसीने ने दी है। ये ठंडा पसीना मेरे जिस्म की ला-महदूद[1] और नाक़ाबिल-ए-यक़ीन गहराइयों से आता है। जिस्म के मसामों[2] में फैली हुई अँधेरी, बारीक और रेशेदार सुरंगों से।

वो इस तरह आता है कि मुझे महसूस होता है जैसे मेरा वजूद अपने तमाम पोशीदा[3] मुम्किनात के साथ खाल और हड्डियों को तोड़ता हुआ बाहर आ रहा है। ये एक क़िस्म की हलाकत[4] ख़ेज़ी है, इस पसीने में एक ख़ास बू शामिल होती है, कुछ-कुछ ख़ून की बू से मिलती जुलती। इस ठंडे पसीने का कोई वक़्त, कोई मौसम और कोई दिन मुक़र्रर नहीं। ये कड़कड़ाते जाड़े, बरसात और हब्स[5] ज़दा गर्मी, किसी भी मौसम में अचानक आ जाता है। सख़्त सर्दी में यूँही खड़े-खड़े ये महसूस होता है, जैसे कोई तेज़ गर्म लू का झोंका आया था जो सीने, बाज़ू या कंधे को छूता हुआ गुज़र गया। तब स्वेटर के नीचे, बहुत नीचे कहीं इस ठंडे पसीने की मौहूम आहट सुनाई देती है। पसीना कहीं से आ रहा था मगर अचानक सर्दी की भूल भुलैयों में वो अपना रास्ता भूल गया। मैं सीधा हाथ स्वेटर के नीचे बनियान के अंदर डालता हूँ। ख़ास दिल के पास, बाएँ तरफ़, अपना अफ़्सुर्दा पसीना पकड़ने की कोशिश करता हूँ। वो नहीं मिलता बस उस का फीका रंग ही मेरी उंगली पर चिपक जाता है, तितली के किसी ना-दीदा[6] रंग जैसा

मुझे हमेशा उस के आने का इ 'ल्म कुछ पहले से हो जाता है, जिस तरह ज़मीन के अंदर रहने वाले तमाम हशरातुल-अर्ज़[7] को ज़लज़ले का इ 'ल्म पहले ही से हो जाता है। वो हल्का सा चक्कर जो भयानक हब्स में भी मुझे कुछ ना-दीदा हवाओं के काले झक्कड़ों में सारी ज़मीन पर

1 असीमित 2 रोमाछीद्र 3 निहित 4 जानलेवा 5 घुटनभरी 6 जो देखाना हो 7 ज़मीन के अन्दर कीड़े मकोड़े

एक वीरान बगूले की मानिन्द नचाकर रख देता है। उस वक़्त दिल की धड़कन और नब्ज़ इतने बढ़ जाते हैं जैसे वो दुनिया की सुनसान दीवारों पर लगी तमाम घड़ियों से एक अ'ज़ीम इंसानी दौड़ का मुक़ाबला कर रहे हों।

मैं एक भयानक बेचैनी और घबराहट से दो-चार होता हूँ, पहले दिल पर एक आँच सी आती महसूस होती है। बाएँ कंधे पर एक अफ़्सुर्दा[1] सी तपिश का एहसास होता है। फिर सब से पहले पाँव ठंडे होने लगते हैं, मैं बर्फ़ पर चलने लगता हूँ। उस के बाद हाथ सुन होते हैं, मेरा दिल और मेरे हाथ पैर एक पुर-असरार[2] कपकपी की ज़द में आ जाते हैं। मैं ख़ुद को हड्डियों और गोश्त का नहीं बल्कि बर्फ़ का बना हुआ आदमी तसव्वुर करता हूँ। महज़ एक वाहिमा[2], एक मफ़रूज़ा[4]।

ठीक उसी वक़्त दुनिया की हवाई दीवारों पर झूलती ये उलटी तस्वीरें वापस अपने-अपने ख़्वाबों के अंधेरे में सुस्त-रवी से चलती फिरती परछाइयाँ बन जाती हैं। मुझे यक़ीन होने लगता है कि मैं मरने वाला हूँ, अपने पहलू बदलने की और ज़मीन पर अपना पैर उठा कर रखने की आवाज़ मुझे मीलों दूर से आती हुई महसूस होती है।

मगर तब, नाक़ाबिल-ए-यक़ीन तौर पर मुझे ये आगही[5] होती है कि 'दुनिया' ये कमबख़्त दुनिया, मायूस-कुन[6] हद तक एक ख़ाली जगह है। दुनिया के इस काबिल-ए-रहम ख़ाली-पन पर रोने के लिए मेरी आँख आँसू तलाश करती है,जो उसे नहीं मिलता। आँख क़द-ए-आदम आँसू को अपनी पुतलियों में समा लेने से मा'ज़ूर[7] है। मेरी आँखें फटी-फटी सी सिर्फ़ ख़ला में ताकती हैं। ख़ाली-उज़-ज़ेहन[8] के साथ वो खुली रहती हैं मगर सोती हैं।

तब वो फ़ुदक कर आती है और अपने नर्म मुलायम पंजों के साथ

---

1 उदास 2 भेदपूर्ण 3 वहम संबंधी 4 मान लेगा 5 ज्ञान 6 निराशा जनक 7 विकलांग 8 विलीनता

मेरे सीने पर बैठ जाती है। वो या'नी मेरी ख़ुदकुशी जिसे मैं भूलते रहने की कोशिश करता रहा हूँ। ये ख़ुदकुशी ही मेरे जिस्म से फूटते हुए ख़ून की बू वाले उस पुर-असरार[1] पसीने को पोंछती है। जिस्म के अंदर लुढ़कने वाली चट्टानें रुक जाती हैं। ज़लज़ला थम जाता है। दुनिया वापस अपने बेशुमार गिरे हुए नक़ली चेहरों को फ़र्श पर से उठाती है और ठोस रूप में आकर सामने खड़ी हो जाती है। मैं एक इत्मीनान की साँस लेता हूँ। मुझे एक तदबीर और एक हथियार हासिल होने से सुकून-ए-क़ल्ब[2] मिलता है, भले ही उस हथियार का इस्ति'माल मैं किसी और दिन के लिए टाल देता हूँ।

मगर मुझे ये भी मा'लूम है कि वो पसीना फिर आएगा। एक आसेब की मानिंद वो फिर मेरे जिस्म पर सवार होगा। कभी भी, ग़ैर-मुतवक़्क़े[3]' तौर पर, सड़क पर चलते-चलते या मुँह का निवाला चबाते-चबाते, पता नहीं, कब मेरी कन्पटियों में हल्की सी न समझ में आने वाली गर्मी का एहसास हो और मैं ख़ाली-उज़-ज़ेहन[4] हो कर रह जाऊँ। अपने चकराते हुए सर और डगमगाते हुए पैरों के साथ किसी दरख़्त या दीवार का सहारा लूँ, और दुनिया का तमाम शोर और हंगामा मेरे कानों में दूर से आती हुई न समझ में आने वाली आवाज़ में तब्दील हो जाए। इस ठंडे पसीने का इस्तक़बाल करने के लिए मुझे इस तरह से तैयार तो होना ही पड़ता है। इन लम्हात में ख़ुदकुशी मेरे वफ़ादार और जाँबाज़ मुहाफ़िज़ की मानिंद मेरी बग़ल में खड़ी रहती है।

---

1 भेदपूर्ण 2 मन की शांति 3 आशा के विरूद्ध 4 विलीनता

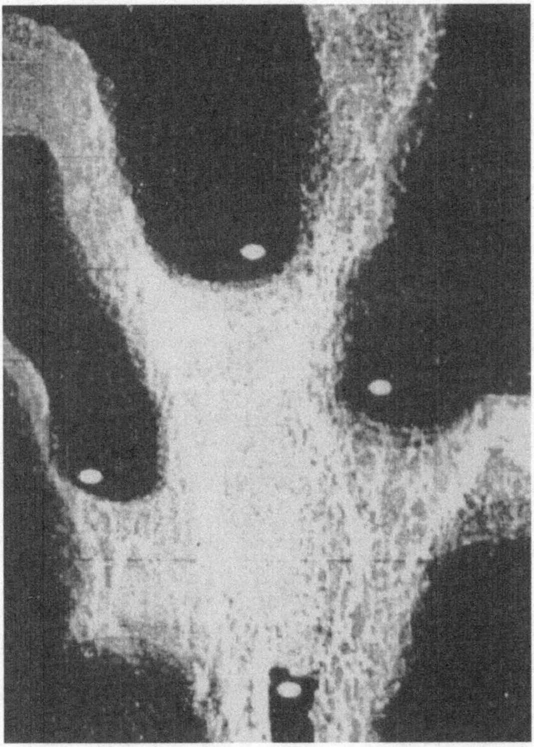

दूसरा वरक़

उस शाम की हवा बहुत अच्छी थी। मेरे इस छोटे से शहर में ग़ुरूब-ए-आफ़ताब के बा'द ही ऐसी हवाएँ चलनी शुरू' होती हैं जो जिस्म और दरख़्तों को लगती हैं। दिन में तो ये सिर्फ़ अलंगनी पर लटके हुए कपड़ों को ही हिलाती डुलाती रहती हैं।

मैं उस के पास बैठा उस के नीले दुपट्टे को आहिस्ता-आहिस्ता सीने पर से फिसलता हुआ देख रहा था। खिड़की से आस्मान का एक काला कोना नज़र आ रहा था। शायद वहाँ बादल का कोई टुकड़ा था, मेज़ पर खाना रखा था। वो मुझे अपने हाथ का पकाया हुआ खाना खिलाने पर ब-ज़िद थी। बिल्लौरीं प्याले में झिलमिलाता हुआ सुनहरा शोरबा, उस में तैरती हुई एक बड़ी सी सफ़ेद हड्डी। उस ने ''लो, खाओ'' कहते हुए अपने दोनों हाथों से थाम कर प्याला मेरी तरफ़ बढ़ाया। उस के हाथों का रंग शोरबे से मिलता-जुलता था। कुहनियों तक उस के हाथ ज़र्द-ज़र्द से हैं। हल्दी माइल[1], बाज़ुओं में साँवलापन है, उसका चेहरा काफ़ी चौड़ा और कुछ मर्दाना वजाहत[2] के उन्सुर भी उस में शामिल हैं। आँखें बहुत ज़ियादा बड़ी हैं। इतनी बड़ी कि मुझे दुनिया की तरह ख़ाली नज़र आती हैं।

मैंने उस के जिस्म के मज़े के लिए अपने पैर का इस्ति'माल किया। वो चॉकलेट जैसा मज़ा था। मिठास के साथ कुछ तल्ख़ी आमेज़ सा। किसी मछली की तरह उस से खाल रगड़ने पर मुझे मा'लूम हुआ कि उसकी छातियों का मज़ा कैसा है। मैंने कोई काम सीधा नहीं किया। कुत्तों और साँपों की ज़बान में ज़ाइक़े के ख़लिए[3] नहीं होते। मैं कुत्ता था

---

1 के सामान 2 सुंदरता 3 सेल

या साँप, मुझे किसी ज़ाइक़े की फ़ौरन ही तमीज़ नहीं होती थी। मैं सिर्फ़ बदनियती के एक पोखर में उछलता कूदता या रेंगता फिर रहा था

''लो, खाओ'' कहते हुए जब उसने मुझे अपनी बड़ी-बड़ी ख़ाली आँखों से मेरी तरफ़ देखा तो अचानक मुझे महसूस हुआ कि वो आ रहा है। मेरे कान की लवें गर्म होने लगीं। हाथ पैरों में सनसनी फैली, बाहर चलने वाली हवा रुक गई। खिड़की से नज़र आता हुआ आस्मान का गोशा अपनी ही तारीकी में ग़ायब हो गया। और बिल्लौरीं प्याले में हिलकोरे लेते हुए सुनहरे शोरबे पर तीरगी छा गई। मैं समझ गया कि अब मुझे चक्कर आने वाला है। मैंने घबराहट में कुर्सी के दोनों हत्थों को मज़बूती से पकड़ लिया। मैंने अपने जूते खुरदुरे फ़र्श पर सख़्ती से जमाए। एक जानलेवा बेचैनी का शिकार होते हुए, मगर मुस्कुराते हुए मैंने उसकी आँखों को ग़ौर से देखा। ख़ाली आँखों में न जाने कहाँ से, दो सफ़ेद नोकदार हड्डियाँ आ कर बैठ गईं थीं।

वो इन हड्डियों को एहतियात के साथ, अपनी आँखों में संभाले-संभाले उठी और वहाँ से बाहर चली गई। मुझे लगा जैसे वो कोई छोटी सी पतली नदी थी, जो अचानक बल खाती हुई अपने ही किनारों से बुलन्द होते कोहरे और धुंद में कहीं ग़ायब हो जाती है

मेरे सारे बदन पर ठंडा पसीना आ कर रेंगने लगा। मैंने अपनी क़मीस के अंदर नाक झुकाई और सूँघा। वही पुरानी ख़ून की बू थी। सारी दुनिया एक दम फिर से उजाड़, वीरान और ख़ाली हो गई

---

1 के सामान 2 सुंदरता 3 सेल

तीसरा वरक़

मैं उसके घर से हमेशा किसी कुत्ते की तरह बाहर निकलता। दुम दबाए और अपने मुँह में उसके मैले नीले दुपट्टे की एक धज्जी को महसूस करते हुए जिसे मैं कभी ज़मीन पर न गिरने देता। अगर कभी ग़लती से वो मेरे मुँह से फिसल कर, ज़मीन पर ख़ाक या कीचड़ में पल-भर को गिर भी जाती तो दुबारा मेरे तनफ़्फ़ुस[1] के बाइस फ़ौरन ही मेरी थूथनी पर चिपक जाती। हर साँस अंदर, फिर बाहर, फिर अंदर, फिर बाहर। मोहब्बत ज़मीन पर गिरती है, फिर उठती है। सिर्फ़ कुत्ते की तरह चार हाथ पैर पर चलने से ही मैं उन मुर्दा नक़ाबों को ता-उम्र संभाल सकता था। मोहब्बत की माहियत[2] ही ऐसी है।मोहब्बत एक काई लगे हुए तालाब की खर पतवार में उलझ कर रह गई है। मोहब्बत मिट्टी तो नहीं है मगर एक दाख़िली ग़लत-फ़हमी का शिकार हो गई है। मोहब्बत हमेशा मुग़ालतों[3] में फंसी रहती है। उसे कभी ये पता ही नहीं रहता कि उसे जाना किस सिम्त में है। मोहब्बत की लकीरें हमेशा भंवर बनाती हैं। नफ़रत और हवस बेहतर हैं कि ये दोनों बहरहाल कभी वह्म और मुग़ालतों का शिकार नहीं होते। उनके खेल, उनके उसूल और उनके क़वाइद वाज़ेह और शफ़्फ़ाफ़ हैं। वो ठोस तरीक़े से अपने ज़ाबते, अपने हुक़ूक़ और फ़राइज़[4] पहचानते हैं और दो टूक अंदाज़ में उन्हें जारी भी करते हैं। बस मोहब्बत ही है जो हमेशा शुकूक[5] में गिरफ़्तार रहती है और ख़ौफ़ से भीगी-भीगी भी

इसलिए इस मायूसी और वाहियात ज़मीन पर ये सिर्फ़ तुम्हारा

---

1 प्राणवृत्ति 2 सार 3 भ्रमों 4 कर्तव्यों 5 संदेहों

तनफ़्फ़ुस ही तो है और तुम्हारे फेफड़े ही तो हैं जो न सिर्फ़ जिए जाने का जवाज़[1] पेश करते हैं बल्कि दुनिया की बेशर्मी का मुक़ाबला एक ज़ियादा बड़ी बेशर्मी के साथ करते हैं

मगर उस शाम मैं उसके घर से दो पैरों पर चलते हुए एक ज़लील सुअर की मानिंद बाहर निकला। मैंने उसकी आँखों में दो सफ़ेद नुकीली हड्डियाँ साफ़ देख ली थीं, और ये भी कि पसीने से भीगे अपने सीने के बाएँ तरफ़, ठीक मेरा दिल ही इन हड्डियों की ज़द पर था। उन हडियों से अपने दिल को बचाना मुश्किल था। ख़ौफ़ के मारे, उन से बचने के लिए मैंने अपनी तोता चश्म आँखों पर सुअर के दो तीन बाल लगा लिए जो उन मवाक़े' के लिए अक्सर मेरी जेब में पड़े रहते हैं।

मैं तारीक गलियों में दीवारों का सहारा लेकर चला। मेरे पाँव डगमगा रहे थे। अपना वुजूद मुझे अपनी ही पीठ पर जैसे किसी गड़ी हुई कील से टंगा हुआ महसूस होता है। वो हिलता है और हवा में आहिस्ता-आहिस्ता काँपता है। दुख की एक मैली नीली क़मीस की तरह जिस की जेब में मोहब्बत की ख़ातिर, चुराया हुआ मीठा बिस्कुट चूरा-चूरा हो गया हो। मुझे ये बिस्कुट किसे खिलाना था?

मुझे उस रिश्ते की कड़वाहट का एहसास बा'द में हुआ, जिस तरह ज़बान के आख़िरी हिस्से पर पहुंच कर ही कड़वी चीज़ का एहसास होता है। इस बिस्कुट की मा'मूली और बेज़रर मिठास मोहब्बत के कड़वेपन को ख़त्म नहीं कर सकती थी।

अपने पसीने में झूमता हुआ मैं आगही[2] के गहरे समुन्दर में डूबने लगा। मेरी हम-ज़ाद[3] ख़ुदकुशी ने आहिस्ता से मेरे कान में सरगोशी की। वो बड़े-बड़े मवाक़े[4]' पर इसी तरह मेरे कान में सरगोशी करती है। जिस तरह रोमा के शहन्शाहों के सर पर ताज रखते वक़्त चंद ख़ास ग़ुलामों के फ़राइज़-ए-मंसबी[5] में ये शामिल था कि वो शहन्शाह के कान

1 कारण 2 ज्ञान 3 स्वं से उत्पन्न 4 अवसरों 5 विशेष कर्तव्य निवहि के लिए नियुक्त

में आहिस्ता से ये कहें कि "ये सब हमेशा नहीं रहेगा।"

ख़ुदकुशी ने मुझे उधर दूर गुज़रती हुई रेल-गाड़ी की उदास और धुआँ ज़दा सीटी की तरफ़ मुतवज्जेह[1] किया। "आओ, रेल से कटते हैं।" मैं उसकी बात मान कर उस तरफ़ चलने भी लगा जहाँ से शहर की सरहदें ख़त्म हो जाती हैं और एक रेलवे लाइन गुज़रती है। मैं ख़ुद भी इस उ'म्र का क़ाइल हूँ कि ख़ुदकुशी के लिए रेल की पटरी पर आकर खड़े हो जाने से बेहतर और कुछ नहीं है। नदी या कुँवें में छलांग लगाना, या चाक़ू का इस्ति'माल करना, गले में फंदा डालना या नींद की गोलियाँ खाना ख़ुदकुशी की शान और उसकी माहियत[2] के ख़िलाफ़ बातें हैं। ये तो बल्कि एक तरह की सफ़ीहाना[3] हरकतें हैं। बात दर-असल ये है कि ख़ुदकुशी को भी सब कुछ टुकड़े-टुकड़े होते हुए देखने से ही मसर्रत मिलती है। जिस तरह ख़ालिक़-ए-कायनात को, कायनात के टुकड़े-टुकड़े करने से ही तमानियत[4] हासिल हुई थी, और जैसा कि लोग कहते हैं, एक दिन फिर वो इस कायनात को पुर्ज़े-पुर्ज़े करके हवा में बिखेर देगा।

और मैं तो ज़ाती तौर पर ये भी सोचता हूँ कि मुसाफ़िरों से भरी हुई रेल-गाड़ी जब इंतिहाई तेज़ रफ़्तारी के साथ अपने सफ़र के साथ अपनी मन्ज़िल की तरफ़ गामज़न[5] है, उस वक़्त आपका ठहरा हुआ, रुका हुआ, साकित-ओ-जामिद जिस्म[6] रेल की पटरी पर, उस तेज़-रफ़्तार रेल-गाड़ी से टकराता है, डिब्बों में बैठे या सोए हुए मुसाफ़िरों की रफ़्तार में बाहर से फेंके गए एक पत्थर की तरह शामिल होता है। उन्हें बहुत पीछे छोड़ते हुए, उनके सफ़र को बे-मा'नी बनाते हुए, एक ही लम्हे में उस मन्ज़िल तक पहुंच जाता है, जहाँ वो बेचारे न जाने कब पहुँचेंगे।

इसलिए रेल की पटरी पर आकर बैठ जाना एक कारनेवाल[7] है। ख़ुदकुशी का एक जश्न, दर-हाले कि दूसरे तरीक़ों में बस आपका

---

1 ध्यान देना 2 सार 3 मूर्खतापूर्ण 4 शांति 5 जाना 6 ठहरा हुआ

अपना सड़ा बसा, अकेला जिस्म ही वहाँ रहता है। मैं ख़ुदकुशी के दूसरे तमाम तरीक़ों पर ला'नत भेजता हूँ।

मगर अफ़सोस कि मैं उस रास्ते पर और आगे नहीं गया। मुझे वो पगडंडी ही नज़र नहीं आई जो शह्र के पार रेल की पटरी तक जाकर ख़त्म होती है। शायद ये इसलिए हुआ कि कुछ तो उस रात अंधेरा ज़ियादा था और कुछ मेरी आँखों को सुअर के बेग़ैरत बालों ने भी ढक रखा था।

ख़ुदकुशी को मेरा ये रवय्या अ'जीब लगा, मगर वो कुछ बोली नहीं, बस ख़ामोशी के साथ एक मा'सूम और पालतू गिलहरी बन कर मेरी पतलून की जेब में बैठ गई। उसी दिन से उसे ये आ'दत पड़ गई है, मेरी जेब से कभी-कभी अपना फ़रिश्तों जैसा मुँह बाहर निकाल कर इस ख़ाली दुनिया को टुकुर-टुकुर देखती रहती है।

रेल की पटरी से अपनी पीठ करते हुए, घर वापस आते हुए मैंने अपने मुँह में दबी हुई नीले दुपट्टे की कतरन को कमज़ोर और पतली महसूस किया। वो मेरे मुँह में घुल रही थी। एक ज़हर की तरह क्या मेरे होंट नीले पड़ गए हैं?

---

1 कारण 2 ज्ञान 3 स्वं से उत्पन्न 4 अवसरों 5 विशेष कर्तव्य निवहि के लिए नियुक्त

चौथा वरक़

ये सब अ'जीब मुआ'मला है। इंसानों की मोटी अ'क़्ल से बालातर। मेरी बीवी मुझ से मोहब्बत नहीं करती, वो शायद किसी और शख़्स के ज़रिए' ख़्वाब देखती है, मगर वो मेरे साथ ख़ुश है और फ़िल-हाल मुझे छोड़कर कहीं नहीं जाना चाहती। ज़र्द हाथों वाली ख़ाली आँखें लिए वो औ'रत मुझे दिल की गहराइयों से चाहती है, मगर मेरे साथ से ख़ुश नहीं है। वो मुझसे तअ'ल्लुक़ ख़त्म कर लेना चाहती है। मैं इस मुआ'मले को यूँही चलने देने चाहता हूँ। मैं सूरत-ए-हाल में कोई तब्दीली नहीं चाहता। मैं अपने गुनाहों और बुज़दिलियों को और तूल देना चाहता हूँ। दुनिया में यही सब है, एक ख़ाली डिब्बे में काँच की गोलियाँ डाल कर घुमाने जैसा, डिब्बे के अंदर कौन सी गोली किस से टकरा रही है क्या पता। गर्दिश की हालत में किसी सालमे[1] का क्या मुक़ाम है, इसका इ'ल्म भला आज तक किसी को हुआ है।

मगर मुझे ये तो महसूस होता है कि मेरी बीवी के कूल्हों की बढ़ती हुई चर्बी और खिलती हुई रंगत का सबब मैं हूँ और उस औ'रत के हाथों की ज़र्दी और ख़ाली आँखों का ज़िम्मादार भी मैं हूँ। ये सब मेरे गुनाह हैं। मैं एक अज़ली[2] गुनहगार हूँ। मेरे गुनाहों की दास्तान मेरे बचपन की दास्तान का एक ज़ेली[3] बाब है। वो शख़्स जो अपने सर पर कभी भयानक चोट खा चुका हो, कभी भी वो कुछ भी भूल सकता है। ज़िल्लत भी, मोहब्बत भी, नफ़रत भी, दीन और दुनिया दोनों उसके सर की चोट से मतलाए हुए दिल और ऊँघती हुई आँखों से हार जाते हैं, मगर वो अपने गुनाह याद रखता है। चाहे वो उन्हें सवाब की शक्ल ही में क्यों न याद रखे। मैं जब अपने गुनाहों के बारे में सोचता हूँ तो मुझे ये भी महसूस होता है जैसे मेरा बायाँ

---

1 अणु 2 आदिकालीन 3 नीये उल्लिखित

हाथ कंधे पर से उतर गया हो। जिसके सबब मेरी बग़ल में कुछ गीलापन सा महसूस होता है।

मेरे साथ एक सितम ज़रीफ़ी ये भी है कि मेरे सारे गुनाह उन फलों की तरह थे जिनकी गुठलियाँ होती हैं। उन फलों को खा कर आप उनकी गुठलियों को गिन सकते हैं। वो पड़ी रहती हैं, आपके सामने, रकाबी में, अख़बार पर या फ़र्श पर। चूसी हुई, बदनुमा और करीहा[1] गुठलियाँ जो आपके मुँह के थूक और राल में लिपट कर मज़हका-ख़ेज़[2] अंदाज़ में इधर से उधर लुढ़कती फिरती हैं। आख़िर क्यों मेरे हिस्से में ऐसे महफ़ूज़ और भरपूर गुनाह न आ सके जो सिर्फ़ गूदे-दार फलों की तरह होते? मगर एक फ़ेहरिस्त[3], एक शुमारियात[4] किसी आसेब की मानिन्द मेरे पीछे हमेशा लगी रही। हर शैय गिनी जा सकती है। तेवरी का एक बल, गुस्से से बाँधे गए जूड़े का एक बाल और आँख में उभर आई हुई नुकीली सफ़ेद हड्डी, ये ख़याल सरासर ग़लत-फ़हमी पर मबनी है कि गुनाह का मुहर्रिक[5] हवस हुआ करती है। मैंने अपने गुनाहों की गठरी को ही अपनी पाकीज़गी समझा। वो सारे गुनाह, सारी बद-फ़े'लियाँ[6] और चोरियाँ ही दर-अस्ल मेरी नेकियाँ थीं। उन्हीं से मुझे एक ख़ामोश और अ'ज़ीम सवाब मिल सकता था। सवाब का हर काम छुप कर करना है। सच्ची मोहब्बत की तरीक़त और शरीअ'त[7] भी यही थी। यही वजह थी कि मैंने गुनाह और मोहब्बत दोनों के बीजों को मिला कर एक मख़्लूत पौदा लगाया जो आगे चल कर बबूल के दरख़्त में बदल गया। मगर ये भी क्या कम है कि बबूल के दरख़्त का भी अपना एक साया तो होता ही है। बिल्कुल मेरी परछाईं जैसा जिसके बारे में अब मैं अक्सर ये सोचता रहता हूँ कि इसका रंग बदल दूँ। ज़मीन पर पड़ी अपनी सियाह परछाईं को सुर्ख़ या हरे रंग से पोत दूँ या उकड़ूँ बैठ कर उस पर सफ़ेद खरिया का लेप कर दूँ। हर दिन की, हर लम्हे की एक

---

1 भद्दी 2 हास्यास्पद 3 लिस्ट 4 गणना 5 क्रिपाशील 6 बुरे कार्य 7 विधान

अलग परछाईं। आख़िर परछाईं लकीरों का एक ह्युला ही तो नहीं है। वो लम्बी, ऊंची, पस्ता-क़द[1] या लहीम-शहीम[2] होने से नहीं बनती। वो बनती है अपने सियाह-रंग से, अज़ल से चला आता हुआ, बेचारे इंसान के जिस्म से रौशनी में गिरता, ये काला रंग जिस में उसके ख़द्द-ओ-ख़ाल[3] ही नहीं बहते बल्कि उसकी आरज़ूऐं, उसके दुख, उसके ज़ख़्म और उसके सर की चोट सब बहते चले जाते हैं। लिहाज़ा इस रंग को बदलते रहना चाहिए ताकि परछाईं इन्सानी रूह के दुख और सुख का कोई सुराग़ तो दे सकें। रंग कितने ही गँवारू हों या तेज़ और फूहड़, फ़र्क़ क्या पड़ता है? इन्सान के दुख उन रंगों से कम गँवारू और फूहड़ तो नहीं। परछाईं के किसी मख़्सूस रंग से ही ये असरार अ'याँ होने का इम्कान है कि इंसानी गुनाह 'पाकीज़ा' कैसे हो गए थे? काले रंग से तो गुनाह और सवाब की पहचान होने से रही। इसलिए मैंने अपनी मोहब्बत को अपने गुनाहों की तरह बुज़दिली के साथ छुपा कर अलग रख दिया तो क्या बुरा किया? वो एक अलग चट्टान जिस पर फफूँदी नहीं जमेगी। वो बर्फ़ का एक सफ़ेद तूदा[4], एक अ'ज़ीम और पाक-ओ-साफ़ ग्लेशियर।

मगर अफ़सोस कि कार्टून तो मोहब्बत और नेकियों के भी बनते हैं। ये नाम निहाद, ज़ी-होश दुनिया कार्टून की शक्ल में ही हर सूरत को पहचानती है। मोहब्बतें कार्टून बन कर गुनाहों की सूरत में नज़र आती हैं, बल्कि इस से भी ज़ियादा हौलनाक[5], इसलिए मोहब्बत को संभाल कर अलग रखना होगा। हर कमीनी फ्लश लाईट से बच कर रहना होगा।

अगरचे ये सब भी, अब एक कार-ए-रायगाँ[6] ही साबित हुआ, ये सब भी तस्वीरों पर ख़ंजर-बाज़ी के मुज़ाहिरे[7] के सिवा और क्या निकला। अस्ल मस्अला तो जिस्म का था, परछाईं जिस्म की ही होती है। और गुनाह भी जिस्म के। वो ठंडा पसीना भी तो मेरे जिस्म पर ही आता है। और मेरी तमाम कोशिशों और मन्सूबों को ठिकाने लगा देता है, मेरी पतलून की जेब में बैठी

---

1 छोटा क़द 2 लम्बा तड़ंगा 3 चेहरे के तिल वग़ैरा 4 ढेर 5 भयानक 6 व्यर्थ का कार्य 7 प्रदर्शन

ख़ुदकुशी बेचैन हो कर मेरे कान में ज़ेर-ए-लब कहती है, 'चलो, ज़हर खाते हैं।'और मैं उसकी सरगोशी को हमेशा की तरह नज़र-अंदाज कर देता हूँ

जिस्म? हाँ जिस्म, मौत से पहले का जिस्म। अस्ल इ'बरत तो मौत से पहले के जिस्म का मुआ'इना करने से ही हासिल होती है। क़ब्र में इसे देख कर क्या ख़ाक इ'बरत होगी? सड़क पर सड़ते चूहे किस ने नहीं देखे? मैं तो अब बहुत संजीदगी के साथ ये सोचने पर मजबूर हूँ कि जिस्म एक भयानक तारीक और पुर-असरार[1] बिल के सिवा कुछ नहीं। आदमी उस में रहता है, और इसीलिए इतना ग़ैर महफ़ूज़ है। सब कुछ उसके अंदर गुम हो जाता है। मोहब्बत भी आख़िर-कार एक दिन जिस्म के उसी अंधेरे में जाकर ग़ायब होगी। किसी बद-नसीब चुहिया की मानिन्द जो अपने बिल में बीमार हो कर फिर कभी बाहर न आ सके। बस एक खांकड़, या मुट्ठी भर धूल और ख़ाक में बदल कर आफ़ाक़[2] की वुसअ'तों[3] में ग़ायब।

कई औ'रतों के साथ (जिनमें मेरी बीवी और वो ज़र्द हाथों वाली लड़की भी शामिल है) जिन्सी मिलाप करने के बा'द मुझे पूरी तरह ये इ'ल्म हो गया कि जिस्म तो वाक़ई' एक क़िस्म का ब्लैक होल था। मोहब्बत ही क्या, क़ुर्बानी, हमदर्दी, तकलीफ़ और बीमारी सब उसके पास आ कर उसी के हो जाते हैं। उसकी कशिश-ए-सक़्ल[4] से कोई न जीत सकता था। और रूह वो बे-चारी रूह जिसका मुहावरा मोहब्बत और रौशनी के हर्फ़-ओ-नह्व[5] से लिखा गया था, वो तो जिस्म के अंदर एक नज़र-अंदाज कर दिए जाने वाले किराया-दार की मानिन्द हकला-हकला कर अपने हिस्से की तवज्जोह ही तलब करती रह गई। फिर बाक़ी क्या रह जाता था।

बाक़ी रह जाते थे गिले शिकवे, न पूरी होने वाली तवक़्क़ो[6]', नई-नई तख़्लीक़ होती हुईं नफ़रतें। उन रक़ाबतों[7] की चुड़ैलें जिन पर आदमी का कोई बस नहीं क्योंकि वो मोहब्बत की सड़ी हुई खांकड़ से बाहर आती हैं।

1 भेदपूर्ण 2 आकाश 3 फैलावों 4 गुरुत्वाकर्षण बल 5 अक्षर एवं व्याकरण नियम 6 आशा 7 प्रतियोगिता

और-?

और गुज़रे हुए वक़्त की ना-जाइज़ औलादें। माज़ी के प्रेत जो पुराने वक़्तों की धूल जमी और बंद घड़ियों में बैठ कर हल्की-हल्की सी भयानक हंसी हंसते हैं। और एक देव क़ामत[1], बेशुमार जेबों वाली ख़ाकी रंगत की बरसाती ओढ़े ये ख़ाली दुनिया। नादीदा बारिश से भीगती हुई, बरसाती की बेशुमार जेबों में से अपना मुँह बाहर निकाले हुए बेशुमार ख़ुदकुशियाँ, इंसानों की हमज़ाद[2], दुनिया की हमज़ाद।

1 देवकृति समान 2 स्वंय से उत्पन्न

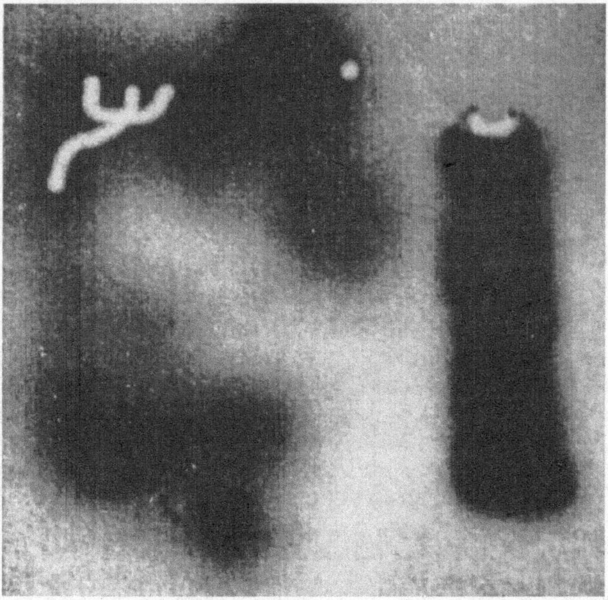

पाँचवाँ वरक़

मैं अपने मन्हूस घर वापस आ गया हूँ। ख़ुदकुशी मेरी पतलून की जेब से निकल कर मेरे पलंग के नीचे एक बिल्ली की तरह बैठ गई है। मैं भी बीवी के बराबर में लेट कर अपनी तमाम गुज़िश्ता हिमाक़तों[1] के बारे में संजीदगी के साथ ग़ौर-ओ-फ़िक्र कर रहा हूँ। मेरी आँखों में धुआँ सा भरने लगा है। शायद आँसू आ रहे हैं, हाँ वाक़ई' आँसू ही थे। मैंने उन्हें अपनी शहादत की उंगली पर लेकर ज़बान से चखा। ये बड़े ज़लील और कमीने आँसू थे। इन में नमक ही न था। नमक तक से ख़ाली, हद दर्जे के बेशर्म और ढीट। इन आँसूओं से क्या भला हो सकता था। माज़ी एक बड़ी क़ुर्बानी मांगता था। माज़ी के बारे में सोचना एक नई हिमाक़त थी, मगर ये हिमाक़त हर शख़्स बार-बार करता रहेगा। क्योंकि उसकी पहली हिमाक़त तो यही थी कि वो पैदा हुआ। मेरा भी अव्वलीन गुनाह यही था कि मैंने पैदा होने से इनकार नहीं किया। वर्ना मैं अ'दम में तो बहुत मज़े में था। एक क़ाबिल-ए-नफ़रीं[2] जिहालत, बेइ'ल्मी और न जाने किन ला-महदूद[3] ज़बानों और जन्मों के संस्कार मेरे शऊ'र को बहका गए और मैं वजूद हासिल करने की ख़्वाहिश में रहम-ए-मादर में आ गया, अब माज़ी का क्या करूँ? इंसान का माज़ी तो उसके मुक़द्दर के मुतरादिफ़[4] था। मुक़द्दर जिस पर लकीरें पड़ी हुई थीं, और वो रेत से भरी एक थैली बन कर सूखे बरगद की शाख़ पर लटका हुआ था। लोगों के घूँसे बर्दाश्त करने के लिए, उनके ताक़तवर मुक्के सहने के लिए। रेत की थैली तख़्ता-ए-मश्क़[5] थी, मगर ये हक़ीक़त सिर्फ़ वही जानते हैं

---

1 मूर्खताओं 2 घृणा योग्य 3 असीमित 4 पर्यावाची 5 अभ्यास के तख़्ती

जिनका सर चोट खाया हुआ है कि रेत से भरी उस थैली से आधी रात को ख़ून टपकता था। ख़ून बरगद की सूखी जड़ों में जज़्ब[1] होता जाता था, और बुध का सारा दुख उस ख़ून की क़ुर्बानी वसूल करता था। तो क़िस्सा ये था कि मुक़द्दर, ख़ून से लत-पत एक कलेजा बन गया था जिसे जिस्म से बाहर निकाल लिया गया हो। जिस्म ने उस बद-नसीब मुक़द्दर की कभी परवाह नहीं की।

दुखी हो कर और उक्ता कर मैंने करवट ली और बीवी की सुर्ख़-ओ-सपेद रंगत से लिपटना चाहा मगर वो नींद में अकड़ गई। उसे ये क्या मा'लूम था कि एक-बार फिर आज मैं रेल की पटरी से बस थोड़ी दूर रह कर ही वापस आया हूँ। फिर भी, बेशर्मी से काम लेते हुए मैंने बीवी के कुब्ड़े पिस्तान[2] को हाथ से छुआ। उसका एक पिस्तान साइज़ और बनावट में दूसरे से मुख़्तलिफ़[3] है। उस पर कुछ असर न हुआ, सिवाए इसके कि उसने पीठ मेरी तरफ़ कर ली। मेरी बीवी कुछ भी समझने से मा'ज़ूर[4] है। ऐसे लोगों से दर-अस्ल कोई तवक़्क़ो[5]' रखना ही अ'बस है। ये सारे लोग जो एक कान से देखते हैं या एक कान से सुनते हैं। इन सब में मुझे एक क़ुदरती ऐ'ब नज़र आया है। इनका एक कान दूसरे से मुख़्तलिफ़ है। एक आँख दूसरी से। शायद सारी औ'रतों का एक पिस्तान दूसरे पिस्तान से मुख़्तलिफ़ है।

और मैं? एक ज़माना गुज़र गया कि अब तक मेरी दोनों आँखें मिलकर रोती हैं। सदियों से मेरे दोनों कान मिलकर आवाज़-ए-मातम में शरीक होते हैं और नाक के दोनों नथुनों से बराबर के वज़्न की रुतूबत निकलती है। इसलिए इस तमाशे को अकेला मैं ही देख सकता हूँ। भरी दोपहर में लू का ज़न्नाटा, धूल का ग़ुबार, प्यास का बगूला, ख़ाली आँखों में उग आई हुई सफ़ेद हड्डियाँ, चक्कर, ठंडा पसीना और ख़ुदकुशी सब मुझ पर ही अपने होने को आशकार[6] करते हैं। मगर वो कान जो दूसरों

---

1 अवशोषित 2 उरोज 3 भिन्न 4 विकलांग 5 आशा 6 रहस्य खोलना

का जुड़वाँ नहीं, वो आँख जो दूसरी की रफ़ीक़ नहीं और वो पिस्तान जो दूसरे पिस्तान का राज़दार नहीं, इस पूरे तमाशे को दर्ज करने में नाकाम हैं। वो ख़ाली दुनिया में आवेज़ाँ[1] उलटी तस्वीरों को कभी महसूस नहीं कर सकते। मैं बीवी से लिपट कर सोना चाहता हूँ मगर वो एक अलग और मुख़्तलिफ़[2] रंग के तकिए पर अपने ख़्वाब देख रही है। मुझे नींद नहीं आ रही है। वो सोते वक़्त भी लिपस्टिक लगाए रहती है। बीवी के होंट बहुत मोटे-मोटे हैं। सुर्ख़ लिपस्टिक लगा लेने के बाद वो हमेशा उन्हें ख़फ़ीफ़[3] सा खोले रहती है जिसके सबब उसके सुर्ख़ होंट किसी भद्दे से तरबूज़ की दो कटी हुई फांकों की तरह अलग अलग नज़र आते हैं जिनके दरमियान हवा आ कर बैठ गई है। मुझे वो प्यारी प्यारी नीली टिकिया निगलना पड़ेगी जो सिरहाने रखी हुई मुझे मोहब्बत से देखे जा रही है। 'मेरी प्यारी टिकिया', मैंने उसे बहुत आहिस्ता से चुमकारा। मगर मेरी बीवी मेरी इस आहिस्ता सी चुम्कार से जाग गई। 'क्यों चिल्ला रहे हो, आधी रात गए तुमको चैन नहीं?। उसने गुस्से से कहा।'तो तुम जाग गईं!' मैंने उसके गोल मटोल सर को अपने पेट पर दबाने की कोशिश की मगर नाक़ाबिल-ए-यक़ीन तौर पर उसका सारा जिस्म सख़्त हो कर अकड़ गया। मेरे भूके और ख़ाली पेट और उसके गोल मटोल भरे भरे सर के दरमियान की हवा अचानक एक सख़्त और सियाह चट्टान में तब्दील हो गई। पलंग के नीचे से ख़ुदकुशी ने किसी चूहे की तरह खड़भड़ की, फिर ख़ामोश हो गई। मायूस हो कर वो नीली टिकिया मैंने अपने मुँह में डाल ली है। टिकिया दूध की मेहरबान और मीठी धार की तरह मेरे हलक़ को सैराब[4] कर रही है और मैं ये समझ चुका हूँ कि इंसानों में दो क़िस्म की ताक़तें होती हैं। एक वो जब मोहब्बत में सरशार[5] हो कर कोई औ'रत अपने जिस्म की तमाम हड्डियों

---

1 लटकी हुई 2 भिन्न 3 हल्का 4 भरना 5 डूबी हुई 6 शक्ति

की तवानाई[6] को एक नशे में तब्दील करके हवा की तरह नाज़ुक हो कर, तुम्हारी बाँहों में समाकर तुम्हारे कंधे पर रूई जैसी नरमी के साथ अपना सर टिका देती है। और दूसरी वो ताक़त जब वही औ'रत अपने पूरे जिस्म को सख़्ती के साथ अकड़ा कर तुम्हारे हाथों को ज़बरदस्त झटका देती है, तुम्हारे सर को पीछे धकेलती है। वो एक गर्म आंधी का वहशत-नाक[1] झक्कड़ बन जाती है। उसके हाथ पर खिचड़ी बालों के गुच्छे लहराते हैं, बिल्लौरीं प्याले में शोरबे में तैरती हुई हड्डियाँ उछल कर दीदों में समा जाती हैं। तुम्हारे और उसके दरमियान एक दिल दहला देने वाली काली लकीर खिंच जाती है। तुम बेबसी से उसे उस लकीर के दूसरी तरफ़ खड़ी देखते रहते हो। ये एक भयानक ताक़त है, सब कुछ तबाह कर देने के दर पै जब तुम्हारी औ'रत उस ताक़त का भरपूर मुज़ाहिरा[2] करती है। तो तुम्हारे दिल का अंधेरा निकल कर दीवारों पर चला आता है।तुम किसी दरख़्त की मानिन्द ख़ामोश, उदास, एक नाक़ाबिल-ए-यक़ीन काली रात में अपनी ही हवा में झूलते रह जाते हो। ये एक ज़लील हवा है जिससे ख़ुद को बचाने की कोशिश में तुम और भी ज़ियादा ख़्वार हुए जाते हो।

मैंने ख़्वाब-आवर[3] बल्ब बुझा दिया है। अब बिल्कुल अंधेरा है, अंधेरे ही में मुझे मा'लूम हुआ है कि मैं भूका हूँ। मे'दे की जलन ने ये ख़बर मुझे नहीं दी। अंधेरा मेरा अज़ली उस्ताद रहा है। एक महान गुरु, उसी ने मुझे ये सब दिखाया है। दिल पर निकली हुई एक फुंसी, किसी नादीदा नाख़ुन से डाली गई एक ख़राश, अंधेरे ने बताया कि किसी के दिल में वो जगह कब की भर गई जिसे मैंने ख़ाली किया था। मुझे ये भी मा'लूम है कि आगही के इस ठंडे पसीने का सोता भी अंधेरे में ही मौजूद है। अब मुझे कुछ नींद का ग़लबा[4] आने लगा है। मगर अपनी ऊँघती आँखों के साथ मैं अंधेरे में शतरंज खेल रहा हूँ। मैं अपनी रूह के साथ ताश

---

1 भयानक 2 प्रदर्शन 3 नींद स्वप्न 4 प्रभाव

की एक बाज़ी लगा रहा हूँ। ये कितनी रौशन दुनिया है। अब सब नज़र आ रहा है। पाताल के अंदर तक का। ज़मीन पर रेंगती हुई च्यूँटियों के हवास-ए-ख़मसा[1] तक अंधेरे की इतनी ज़बरदस्त रौशनी है और इतनी भारी भी कि चमक में तमस और माद्दे[2] पैदा हो गए हैं। अंधेरे की इस वज़्नी पथरीली रौशनी में मैंने अपने सर पर एक ज़बरदस्त चोट खाई है। मुझे साफ़ नज़र आ रहा है। अंधेरे में रिस्ता हुआ ख़ून और फिर जमता हुआ। अंधेरे में मेरे सर से सर जोड़ कर बैठी हुई ख़ुदकुशी जिसे मैंने नज़र-अंदाज किया और मरने का इरादा किया।

मैं देख रहा हूँ कि मेरे गुनाहों की बोरियाँ अंदर से सफ़ेद हैं मगर कोई उन्हें खुरदुरे फ़र्श पर घसीट रहा है तो उन से ख़ून की एक लकीर रिसती जाती है। फ़र्श गंदा और गीला हो रहा है। दिल की रगों में निकला मवाद भरा एक दाना, कच्चा लहू गुनाहों की इन सफ़ेद पाकीज़ा बोरियों को कौन फ़र्श पर घसीट रहा है? कैसी अ'जीब और मायूस आवाज़ है। अंधेरा थोड़ा और गहरा हुआ है। और उसने मुझे ये नई इत्तिला' दी है कि मैं गमज़दा भी हूँ और कमज़ोर भी। मैं ख़ुश रहना चाहता हूँ, बहुत ख़ुश रहना चाहता था। मैंने अपनी बंजर उजाड़ और अ'दम में रहने वाली रूह में जिस्म के नाम रूप, जिस्म के बीज इसीलिए डाले थे मगर क्या कोई रूह ख़ुशी और मसर्रत की भयानक थकान को बर्दाश्त कर सकी है।

ख़ुशी जो मोहब्बत करने और पाने से मिलती थी और मसर्रत जो नजात के रास्ते पर चलने से हासिल होनी थी। अफ़सोस कि मोहब्बत और नजात के रास्ते ही तो हैं जो दुख में डालते हैं। मोहब्बत जो शहवत[3] का मज़ा भी नहीं लेने देती, जो जिस्म हासिल करते वक़्त रूह को अफ़्सुर्दा[4] करके रख देती है, नजात के, मुक्ति के, बल्कि सारे रास्ते,

1 पांच ज्ञानेन्द्रियाँ 2 पदार्थ 3 कामुकता 4 उदास

कितने उलटे पुलटे हैं। वो उधर को नहीं जाते जिधर की तरफ़ तीर नुमा निशान बना हुआ नज़र आता है। रूह का जुग़राफ़िया[1], उसका नक़्शा मेरी बोसीदा[2] जेब में नहीं है। हाँ उसकी तारीख़ ज़रूर मेरे पास है क्योंकि मेरा हाफ़िज़ा[3] इन मुहीब सड़कों के जाल और ख़तरनाक चौराहों पर जगह जगह रौशन एक चौकन्नी ट्रैफ़िक लाइट की तरह नस्ब है। ये हाफ़िज़ा कभी हरा होता है, तो कभी लाल। मैं हाफ़िज़े के इन इशारों का एहतिराम करता हूँ। मैं उधर को ही निकल जाता हूँ जिधर का वो इशारा करते हैं। मैं कई सदियों तक एक लाल ट्रैफ़िक सिग्नल के सामने, चौराहे पर साकित-ओ-जामिद[4] खड़ा रहता हूँ। और उसके बा'द ख़ुद को रूह की तंग और पेचदार गलियों में, काले पानी वाली नालियों में औंधे मुँह गिरा हुआ देखता हूँ।

अंधेरे में, यूँही औंधे मुँह गिरे गिरे अपने सर की जानिब बढ़ती हुई एक भयानक और ज़ालिम ठोकर को मैं देखता हूँ, कहीं दूर ख़लाओं से, किसी अजनबी सय्यारे[5] की सूखी मिट्टी, मेरे दिल पर कट-कट कर गिरने लगती है। दिल में ख़ून मिले हुए पीले ग़ुबार की धुंद फैल गई।

---

1 भुगोल 2 पुराने 3 स्मृति 4 ठहरा हुआ 5 ग्रह

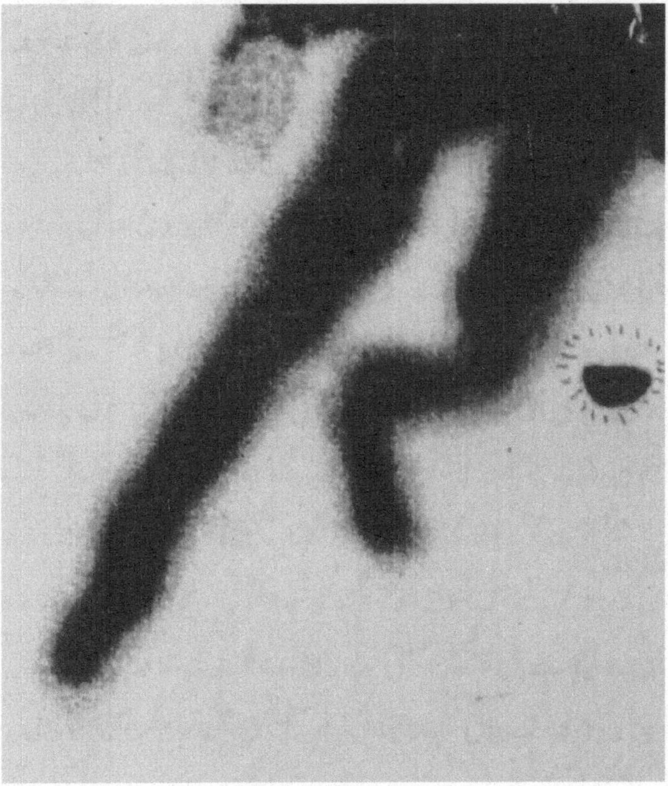

छठा वरक़

मैं रात-भर इस अंधेरे में जागता रहता हूँ। इसलिए सुब्ह को बहुत नींद आती है। एक सैलाब, एक हमले की मानिन्द बीवी गुस्से से मुझे झिंझोड़ झिंझोड़ कर उठा देती है तो उठ कर बैठ जाता हूँ, नींद की मुख़ालिफ़[1] सिम्त में तक़रीबन सोता हुआ चलने लगता हूँ। नींद के इस बयानिए[2] के ख़िलाफ़, आँखों में कीचड़ भरे, अपनी बोझल रूह और शल हाथ पाँव का बयानिया लिखता हूँ। मैं टॉयलेट के स्लेटी फ़र्श, टूथ ब्रश, रेज़र और साबुन के झागों को आगे की तैयारी का इस्तिआ'रा[3] बनाता हूँ। नींद के इस क़दीम[4], रूमानी या क्लासिकल बयानिए को तहस-नहस करके मेरी आँखों से ये कीचड़ नीचे गिरती है। रौशनी, उबलती हुई चाय, दो सूखे बिस्कुटों, ब्लड प्रेशर और डिप्रेशन की गुलाबी टिकिया के सहारे आँखों में उतर आती है।

मगर रात को ये नींद मुझसे भरपूर इंतिक़ाम लेती है। सुब्ह की बे-इज़्ज़ती का बदला। रात में वो दूर कोने में खड़ी हो कर मुझे घूंसा दिखाती है। वो मुझसे बहुत दूर नहीं जाती। वो चूहे बिल्ली का खेल खेलती है। मेरे ऊपर चपत मारती, मुझे चिढ़ाती और नोच-नोच कर दूर भाग जाती है। नींद की ज़हरीली हंसी मैं तमाम घर में सुनता हूँ। उसके इस कमीने और घटिया खेल का सबसे बुरा असर मेरे सीने पर पड़ता है। वो एक पत्थर की सी सिल के नीचे दब जाता है। आँखें जल जाना चाहती हैं। पैर बोझल हो जाते हैं। तब जब पौ फटने के क़रीब होती है, वो आँखों में आती है। मगर मैं यक़ीन से ये भी कैसे कह सकता हूँ कि ये वही नींद होती है जिसने रात-भर एक चुड़ैल की तरह मेरा ख़ून पिया था या कोई दूसरी नींद, उसकी हमशक्ल जिसने इस प्रेत को दूर भगा कर मेरे पैरों पर एक शामियाना तान दिया था।

1 विपरीत 2 कथा-वर्णन 3 रूपक

ये भी मुम्किन है कि सुब्ह की इस नींद को ख़ुद मेरे जिस्म ने ही पैदा किया हो, जिस तरह रेशम का कीड़ा रेशम बुनता है, इसी तरह मेरा परेशान थका हारा जिस्म और ठोकर खाया हुआ सर नींद बुनता है, मेरी तमाम ज़िन्दगी इसी क़िस्म की बेशुमार ग़लतियों, सितम ज़रीफ़ियों और हिमाक़तों[1] से भरी पड़ी है। अब उससे बड़ी ग़लती क्या होगी कि सुब्ह को शायद मैं उस अस्ल मेहरबान नींद पर ही हमला कर देता हूँ। मेरे साथ जो हुआ वो उलटा-सीधा ही हुआ। मिसाल के तौर पर मैं हमेशा एक ऐसी फ़िल्म देखता रहा जिसके हर मंज़र से उसका मुकालमा[2] थोड़ा आगे या पीछे होता है। आवाज़ उसके साथ पैवस्त नहीं होती। आवाज़ हर मंजर को ज़बान दिखाती, फ़िल्म के फ्रेम में बहती रहती है या फिर किसी अंजानी ज़बान की फ़िल्म जिसमें लिखे हुए मुकालमे आवाज़ के बहुत बाद में या पहले आते हैं। ये फ़िल्म की तकनीकी ख़राबियाँ होंगी मगर मैं तो तमाम उम्र इन ही से दो-चार रहा। मैं अनाड़ी पन के साथ एक अंजान ज़बान की फ़िल्म के मनाज़िर[3] और उसके मुकालमों में ताल मेल बिठाने की नाकाम कोशिश करता रहा, इसलिए मेरा बेड़ा ग़र्क़ हुआ और सब गड-मड हो कर रह गया। नफ़रत का मंज़र पहले आया था मगर मैंने इस पर मोहब्बत का मुकालमा चस्पाँ कर दिया। बहुत बा'द में जब मोहब्बत मंज़र में दाख़िल हुई तो मैंने उसे हवस और ख़्वाहिश की आवाज़ में सुनाया पढ़ा। सब कुछ उसी तरह हुआ, ग़म, ख़ुशी, ग़ुस्सा, इंतिक़ाम, मोहब्बत, नफ़रत, नशा, बीमारी, पसीना और पागलपन सब आगे-पीछे हो गए। सारा थेटर लाया'नी[4] थिटर में तब्दील हो गया। मैं अफ़सोस और मलाल के साथ सोचता हूँ कि आख़िर मेरे साथ ऐसा क्यों नहीं हुआ जो आ'म इंसानों के साथ होता है। सड़क पर चलता हुआ एक आ'म आदमी दूर से आती एक सफ़ेद शै को महसूस करता है, देखता भी है मगर अभी उसे पहचानता नहीं, कुछ लम्हे बा'द जब उसके सारे हवास-ओ-आ'साब[5] आपस में हम-आहंग[6] हो कर एक-दूसरे की मदद करते हैं, तब पता चलता है कि वो आहिस्ता-आहिस्ता हरकत करती हुई शै दर-अस्ल सफ़ेद रंग की एक गाय

1 मूर्खताओं 2 संकट 3 दृश्यों 4 लाभहीन 5 ज्ञानेन्द्री एवं चेतना 6 एक लय होकर

थी। मगर हवास से इदराक तक का ये फ़ित्री और मा 'मूली सफ़र मेरे लिए कभी मुकम्मल न हो सका। मेरे लिए तो इस सफ़र में उठा हुआ हर क़दम आस्मान पर बादल की गरज, चमक के सिवा कुछ भी नहीं। दूर पहाड़ पर पानी बरस रहा है। बादल गरजता है, बिजली चमकती है। बिजली चमकने का मंज़र आँखों के सामने से पहले निकल जाता है। बादल गरजने की आवाज़ कुछ देर बा 'द आती है। अस्ल ख़सारा[1] आवाज़ से पहले हो चुका है, मगर लाज़िमी तौर पर हर आवाज़ के लिए मेरे मुक़द्दर में कोई न कोई मंज़र क्यों लिख दिया गया?

आख़िर एक मेहरबान अंधेरे में, अचानक कीचड़ और ख़ून से अपने सर को लत-पत देखने से पहले मैंने ठोकर की वहशियाना[2] और बे-रहमाना[3] आवाज़ भी तो सुनी थी।

फ़र्श पर उकड़ूँ बैठे-बैठे अब मेरी पलकें बोझल होने लगी हैं। यक़ीनन सुब्ह होने वाली होगी। अक़बी[4] रौशन-दान से अब चाँद नज़र नहीं आता। वो उस बेशर्म और ज़लील दुनिया से शिकस्त[5] खा कर आस्मान की ढलानों में उतर गया। तो उस रात का चाँद भी यूँही गया। वो अपने ख़तरनाक इरादों को अ 'मली जामा न पहना सका। दुनिया तो दुनिया, मेरा ये छोटा सा शह्र भी तबाह न हो सका। सारे गिरगिट ठस रहे हैं और उस सूखे कुएँ का सोता घूरे में दबा हुआ यूँही मुर्दा पड़ा है। मैं अब क्या करूँ? मैं जागूँ या फिर सो जाऊँ?

पौ फट रही है, हल्की सी सफ़ेदी रौशन-दान में दाख़िल हुई है। मुझे उठना पड़ेगा, अभी कुछ ही लम्हों में मेरे बाप के ज़ोर-ज़ोर से बड़बड़ाने और खंखारने की आवाज़ मेरे कानों के पर्दे फाड़ कर रख देगी।

अब मुझे इस सुब्ह की नींद के ख़िलाफ़ अपने सुन हो गए पैरों के साथ उठ कर खड़ा हो जाना चाहिए।

---

1 हानि 2 उन्भादपूर्ण 3 निर्दयी 4 पीछे का 5 पराजय

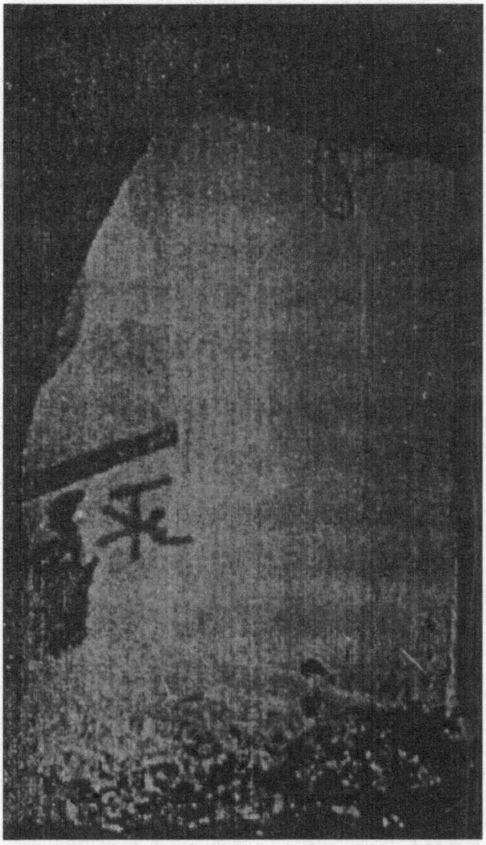

सातवाँ वरक़

मैं और मेरा बाप एक-दूसरे से नफ़रत करते हैं। वो मुझे नफ़रत से घूरता है और मैं उसे। ये नफ़रत का एक ख़ामोश मुक़ाबला है। मेरा बाप मेरा मुस्तक़बिल[1] है और मुस्तक़बिल की तरफ़ जाने का मतलब वक़्त के फ़ुहश[2] मुँह पर मुक्का मार कर उसके सारे दाँत बाहर निकाल देने जैसा है, मगर मुझे ये मुक्के मारने की बुरी आ'दत पड़ चुकी है। अब ये ख़त्म होना मुश्किल है।

देखने में, मैं बिल्कुल अपने बाप पर गया हूँ। उसी की तरह लंबा, सुडौल और चॉकलेटी रंगत वाला, मेरी पलकें भी उसी की पलकों की तरह झपकती हैं मगर उसकी आँखों की रंगत, मेरी आँखों से मुख़्तलिफ़[3] है। बाप की आँखें बहुत छोटी छोटी और भूरी हैं जबकि इस मुआ'मले में, मैं अपनी माँ पर गया हूँ। माँ की आँखें काली और शायद गाय की आँखों से भी जियादा बड़ी बल्कि कहा जा सकता है कि अहमक़ाना[4] हद तक फैली हुई हैं। इसके अलावा मैं तक़रीबन हर ज़ाविए[5] से अपने बाप का हम-शक्ल क़रार दिया जा सकता हूँ। मगर हाँ मेरे सर का बायाँ हिस्सा पिचका हुआ है। वहाँ एक ख़ाली सी जगह बन गई है। गड्ढे जैसी मेरे बाप का सर गोल, ख़ूबसूरत और बेदाग़ है

शुरू'-शुरू' में मुझे इसका इ'ल्म नहीं था कि मेरा बाप भी मुझसे नफ़रत करता है। दर-अस्ल ये मेरी नफ़रत ही थी जिसके तफ़सीली[6] निसाब ने मुझ पर ये मुन्कशिफ़[7] किया कि वो भी मुझसे नफ़रत करता है। नफ़रत एक पेचीदा और पुर-असरार[8] इ'ल्म है। तंत्र-मंत्र और सिफ़्ली

---

1 भविषय 2 अशलील 3 भिन्न 4 मुर्खतापूर्ण 5 कोण से 6 विस्तृत 7 खुलना 8 भेदपूर्ण

अ 'मल की मानिन्द उसके उसूल और ज़वाबित[1] भी बड़े उलझे हुए हैं। मगर एक-बार क़ायदे के साथ समझ लेने के बा 'द, ये एक ऐसी रियाज़ी[2] बन जाता है , जिसके फार्मूलों के ज़रीए नफ़सियात[3], बशरियात[4] और इ 'मरानियात[5] ही की नहीं बल्कि दुनिया नाम की गेंद के अंदर भरी हुई सारी हुआ निकल जाती है।

मुझे तो ख़ैर अपने बाप से शायद पैदा होने से पहले ही नफ़रत हो गई थी, उस वक़्त से जब मैं रहम-ए-मादर[6] में एक जनीन था, मगर तब मेरी उम्र शायद पाँच साल की रही होगी कि मेरे बाप ने मेरी मुठ्ठी पर सख़्त घूंसा मार कर सारी मूंग फल्लियाँ ज़मीन पर गिरा दीं जो मुठ्ठी में दबी हुई थीं। उसे मूंग फलियों से चिढ़ है। उसे हर उस शै से चिढ़ है जिसके छिलके होते हैं और खाने के बा 'द उन्हें भुगतना होता है। कूड़ा साफ़ करना पड़ता है। वो ज़बरदस्त तैश में आ गया और मुझे बुरी तरह पीटना शुरू ' कर दिया। मेरी माँ मुझे बचाने के लिए दौड़ी आई मगर उसने उसे भी धक्का देकर एक तरफ़ कर दिया। माँ की बड़ी-बड़ी आँखों में आँसू आ रहे थे। मुझे मार-पीट कर वो घर से बाहर चला गया। मैं उस वक़्त नहीं रोया, जब मेरा बाप मुझे दोनों हाथों से पीट रहा था, उस वक़्त मुझे ऐसा लगा जैसे बुख़ार आ रहा हो। ऐसा बुख़ार जो न जाने कब से, एक बहुत पुराने और भूले हुए वाक़िए ' की तरह हड्डियों में छिपा बैठा होता है, मगर फिर एक दिन खाल पर आ कर सारे जिस्म को जला डालने के दर पै हो जाता है।

नहीं मैं बिल्कुल नहीं रोया, हाँ उस तमाम रात ऐसी हवा चलती रही जैसे उसका गला रुंध गया हो। ऐसी हआ ज़ियादा-तर उन नालों के ऊपर बहती है जो सड़क पर अपनी टूटी-फूटी पुलिया के नीचे ख़ामोश बहते रहते हैं। मेरे पेट में ऐंठन सी हुई, जब मैंने टॉयलेट में पानी की

---

1 नियमों 2 गणित 3 मनोविज्ञान 4 मानवविकी 5 समाजशास्त्र 6 कोख

टंकी खोली तो पानी रोता हुआ बाहर आया। काई ज़दा पाइप के अंदर सरसराती हवा ने आवाज़-ए-गिर्या की भोंडी नक़्ल की, हर तरफ़ कोई रोने की नक़्ल करता महसूस हुआ या शायद वाक़ई' कोई रो रहा था मगर रोने का सौतियाती[1] आहंग[2] नदारद था और लै टूट गई थी। शायद ये किसी के रोने की नाकाम कोशिश थी। एक लुकनत[3] भरा रोना, एक आवाज़ जो रो न सकती थी। एक अधूरी तशकील[4], शायद ये किसी पेट के कीड़े की रोने की आवाज़ थी जो बिल-आख़िर पानी के ज़बरदस्त रेले के साथ फ़ुज़्ले[5] में दब कर फ्लश के साथ गंदी तारीक[6] मोरी में बह जाता है।

बस यही वो लम्हा था जब उस अंधेरे गोशे[7] में मुझे उकड़ूँ बैठे-बैठे अपने बाप की मेरे तईं भी बेपनाह नफ़रत का इन्किशाफ़[8] हुआ, जब से हम दोनों हमेशा साथ-साथ रहने के लिए नफ़रत की एक जलती हुई ज़ंजीर से बंधे हुए हैं।

---

1 ध्वनिविज्ञान संबंधी 2 राग 3 हकलापन 4 आकार 5 मैला 6 अंधेरी 7 कोने 8 खुलना

आठवाँ वरक़

मैं , मेरी माँ, और मेरा बाप हमेशा एक-दूसरे से झगड़ते और लड़ते रहते हैं। उन में आपस में अक्सर मार-पीट भी हो जाती है। मेरी माँ की माँ एक मीरासन[1] थी, मगर मेरी माँ ने थोड़ा बहुत पढ़ लिख लिया था और अपनी माँ का पेशा नहीं अपनाया था। मेरा बाप एक ज़मींदार घराने का बा-इज़्ज़त फ़र्द था। पता नहीं क्यों और कहाँ उसकी मेरी माँ से आँख लड़ गई थी। मेरे बाप ने अपने ख़ानदान वालों की मुख़ालिफ़त[2] के बावजूद उस से ब्याह कर लिया था और एक दूसरी गली में अलग मकान लेकर रहने लगा था। मगर जल्द ही दोनों को इस अम्र[3] का एहसास हो गया था कि उनके दरमियान किसी क़िस्म की मोहब्बत का शाइबा[4] नहीं है बल्कि दोनों के दरमियान एक लकीर थी, जो उनको आपस में जोड़ती थी, वो एक-दूसरे से बिल्कुल मुख़्तलिफ़[5] थे, मगर उस लकीर की ही वज्ह से एक-दूसरे के बग़ैर नाक़ाबिल-ए-शनाख़्त भी।

मेरी माँ का चेहरा पतला मगर माथा गोल है। नाक थोड़ी मोटी और बैठी हुई है और भंवें तक़रीबन न होने के बराबर हैं। माँ में ज़बरदस्त ग़ुस्सा भरा हुआ है। जिस तरह शहद की मक्खियाँ अपने छत्ते के अंदर जमा शहद का इज़हार भिनभिना-भिनभिना कर करती हैं, उसी तरह मेरी माँ अपने ग़ुस्से का इज़हार उस ढोल को मातमी अंदाज़ में ज़ोर-ज़ोर से पीट कर करती है जिसे वो अपनी मीरासन माँ के घर से शौक़िया उठा लाई थी, हालाँकि मेरे बाप को उसका ढोल बजाना तो कुजा, ढोल को घर में रखना भी नागवार महसूस होता था। मगर मैंने हमेशा ये महसूस किया है

---

1 गाने वाली लड़की 2 विरोध 3 बात, काम 4 बहुत थोड़ा 5 विभीन्न

कि मेरा बाप मेरी माँ से कुछ दबता भी है। अक्सर दोनों के झगड़े और मार-पीट में मेरी माँ ही हावी रहती थी। बस मेरे मुआ'मले में ही माँ उस से कमज़ोर पड़ जाती थी। वो जब भी मुझे पीटता, गालियाँ देता या नोचता, तो वो उस से जारिहाना[1] अंदाज़ में लड़ने और मुझे बचाने में मा'ज़ूर[2] साबित होती। उसका रंग पीला पड़ जाता। ये एक पुर-असरार[3] बात है।मगर कोई ऐसी ख़ास पुर-असरार भी नहीं क्योंकि मियाँ बीवी के दरमियान इस से भी बढ़कर पुर-असरार, नाक़ाबिल-ए-फ़हम[4] और मुहय्यिरुल-उक़ूल[5] बातें पाई जाती हैं। दुनिया का ये वाहिद[6] रिश्ता है जिसकी आपसी क़ुर्बत[7] का सुबूत फ़राहम[8] करने के लिए एक-दूसरे के साथ मादर ज़ाद[9] नंगे हो कर सोना पड़ता है। इसके बावजूद दोनों एक-दूसरे के बारे में हतमी[10] तौर पर कुछ भी यक़ीन कर पाने में क़ासिर[11] हैं। मर्द को नहीं मा'लूम कि उसकी बीवी के पेट में पलने वाला बच्चा उसका है भी या नहीं। और बीवी अपने शौहर की छाती पर हर वक़्त मूंग दलते रहने के बावजूद, शौहर की गर्दन पर चिपके हुए एक कमज़ोर बाल को ठीक से नहीं पहचान सकती कि ये बाल इसी के सर का है। ज़ियादा-तर ये रिश्ता महज़ जिन्सी[12] अ'मल पर मबनी[13] होने की वजह से दोनों फ़रीक़ैन[14] अपनी-अपनी ज़ात को तौसीअ'[15] देने के लिए, उसे गहरे असरार[16] में ग़र्क़ कर देते हैं। जो बा'द में एक सूखा हुआ कुआँ ही साबित होता है। इसलिए हवस हमेशा जिन्सी अ'मल से बेहतर होती है। जिस तरह अंधेरा हमेशा रौशनी से बेहतर होता है। हवस में तो इंसान एक-दूसरे को दर्द मिटाने की दवा के बतौर इस्ति'माल करते हैं, एक-दूसरे के पीप भरे ज़ख़्मों पर फाहे बन जाते हैं।

अफ़सोस कि इस रिश्ते से हवस भी एक दिन मायूसकुन[17] हद तक ग़ायब हो जाती है।

---

1 आक्रमन 2 विकलांग 3 भेदपूर्ण 4 समझ से परे 5 बुद्धी के आशचर्यकित करने वाली 6 इकलौता 7 निकटता 8 देने के लिए 9 जन्म से 10 अंतिम रूप से 11 असहाय 12 संभोग 13 आधारित 14 व्यक्तियों 15 दृष्टि् 16 भेद 17 आशारहित

मेरी माँ की आँखें, अहमक़ाना[1] हद तक बड़ी और काली आँखें, न सिर्फ़ उसके चेहरे पर ना-मौज़ूं थीं, बल्कि उस भयानक और शहद की मक्खियों के छत्ते जैसे ग़ुस्से से भी ला-ताल्लुक़[2] नज़र आती थीं जो उसके बाक़ी सारे आ'ज़ा[3] की रंगत बदल कर रख देता था।

मेरा बाप मेरी माँ के बालों को मुट्ठी में ज़ोर से भींचे हुए था। 'कुतिया है तू, कुतिया! माँ ने बाप की क़मीस का कालर एक हाथ से मज़बूती से पकड़ रखा था और दूसरे हाथ से उसे पीट रही थी। 'भड़वे, भड़वा है तू। बाप ने लात मार कर उसे एक फ़ुहश[4] गाली दी। माँ ने ग़ुस्से से इस तरह पैर पटका कि धूल उड़ी, उसने बाप की क़मीस का कालर छोड़ दिया। और ज़मीन पर गिर कर हाँपने लगी। उसके बाल बाप की मुट्ठी से अलग हो गए और उसके ताँबे जैसे चेहरे पर दीवाना-वार[5] रक़्स करने लगे। 'कुत्ते, कुत्ते के बच्चे, तूने उसे खपरैल के नीचे फेंक दिया था ना। उसका सात महीने का बच्चा...... गिर गया, पापी, तेरा पाप, ज़नख़े तेरा पाप। माँ हलक़ के बल चीख़ी। लगा कि उसे मिर्गी का दौरा पड़ने वाला है। उसके मुँह से झाग बाहर आए। उसने अपने कपड़े फाड़ना शुरू' कर दिए। वो तक़रीबन नंगी हो गई, फिर वो दरवाज़े की तरफ़ दौड़ी। उसके नंगे कूल्हे ख़ौफ़नाक अंदाज़ में हिल रहे थे। बाप पीछे-पीछे भागा। जल्दी से दरवाज़ा बंद कर के और माँ का रास्ता रोक कर खड़ा हो गया। 'चुप-चुप हो जा, आहिस्ता बोल, चुप।'वो घबरा गया। बुरी तरह हवास-बाख़्ता[6] हो गया। माँ ने उसे अपनी बड़ी-बड़ी काली आँखों से घूरा। उन आँखों में ग़ुस्से के कोई आसार न थे या शायद ये हमेशा की तरह वो काला ग़ुस्सा था। जो उन आँखों में नज़र न आ सकता था। वो आँखों के काले रंग में और उनकी वुसअ'त[7] में फैल गया था। घुल-मिल गया था। मगर माँ के मुँह से गालियों का फ़व्वारा जारी था।

मैं सहम गया, मैं डर के मारे चादर ओढ़ कर नंगे फ़र्श पर लेट गया।

---

1 मूर्खतापूर्ण 2 संबंधरहित होना 3 अंगों 4 अश्लील 5 पागलों की तरह 6 येतनारहित 7 फैलाव

गालियों का शोर आहिस्ता-आहिस्ता गंदी सरगोशियों में बदलने लगा। मैं ख़ौफ़ के बाइस आँखें बंद किए हुए था। मुझे नींद आने लगी। मैंने एक काली दीवार देखी। दीवार में एक दरार थी। दरार से एक मैली कुचैली रौशनी निकल रही है, ऐसी रौशनी जो कूड़ा जलाने से पैदा होती है शायद। नहीं बल्कि यक़ीनन ये रौशनी मेरी रोती हुई बंद आँख के अंदर ही है। पानी बरस रहा है। बरसात की इस अँधेरी सुनसान रात में, एक ख़स्ता-हाल मकान बुरी तरह टपक रहा है। मकान की बोसीदा[1] खपरैल पर सफ़ेद शलवार और शायद काला जंपर पहने एक कम-सिन लड़की, ठीकरे दुरुस्त कर रही है, खपरैल की ढलान बहुत ख़तरनाक है और ठीकरों पर काई जमी हुई है। आस्मान में दूर घाटियों में कौंदा हो रहा है। पानी परनाले की शक्ल में बह-बह कर नीचे आ रहा है। जिसमें एक कुत्ता भीग रहा है। वो बार-बार झुरझुरी लेता है, काँपता है और अपने जिस्म को झटका देता है। भीगते हुए कुत्ते का साया मकान के सामने एक दीवार पर पड़ रहा है। खपरैल पर झुकी हुई ठीकरे दुरुस्त करती हुई लड़की के ठीक बराबर में अचानक एक लंबा साया नमूदार[2] हुआ है, ये मेरा बाप है। वो लड़की को पकड़ कर अपनी तरफ़ खींचता है। दूर किसी मुंडेर पर बारिश में कोई बिल्ली रोने लगी है। वो उसके कान में कुछ कहता है। लड़की इनकार में सर हिलाती है। वो फिर कुछ कहता है। बिल्ली फिर रोती है। वो ज़ोर से चीख़ती है। 'नहीं मैं किसी के यहाँ नहीं जाऊँगी, मैं उसे पालूँगी बाप उसका हाथ ज़ोर से पकड़ता है। लड़की की सफ़ेद शलवार हवा में फड़फड़ाती है। वो हाथ छुड़ा कर आगे को बढ़ आती है। ढलान की तरफ़, बाप उसके पीछे-पीछे काई लगे ठीकरों पर संभल-संभल कर क़दम बढ़ाता है। लड़की और आगे बढ़ती है। उसके पैरों के नीचे दो ठीकरों में हलचल सी पैदा होती है। लड़की

---

1 पुराना 2 दिखाई दिया 3 भीगी 4 रोग की बेहोशी में

फिसलने लगती है, वो अपने दोनों हाथों को हवा में फैलाती है। पैर जमाने के लिए, वो सुनसान खेत में खड़े बिज्जू के जैसी नज़र आती है। मगर बारिश से तर-बतर[1] हवा के एक ताक़तवर झोंके के साथ अपने फैले हुए दोनों हाथों समेत वो काई लगी खपरैल से नीचे फिसल जाती है। वो वहाँ, उस भीगते हुए कुत्ते पर जाकर गिरती है, उसके मुँह से निकलती भयानक और हिज़्यानी[2] चीख़ों से बारिश की आवाज़ दब कर रह जाती है। कुत्ता अपनी पूरी ताक़त से भौंका है। बारिश तेज़ हो गई है।

खपरैल के ऊपर मेरे बाप का लंबा साया ग़ायब हो चुका है। टिप टिप बरसते पानी के नीचे एक कच्चे ग़रीब आँगन में बढ़ती हुई कीचड़ पर लड़की तड़प-तड़प कर लोटें लगा रही है। उसकी सफ़ेद शलवार ख़ून और गोश्त के चीथडों से भर कर फूल गई है जिसे वो भीगता हुआ कुत्ता सूंघ-सूंघ कर चाट रहा है। बारिश और भी ज़ियादा तेज़, और भी ज़ियादा बद-रंग हो गई है। कुत्ता अब रोती चीख़ती और तड़पती हुई लड़की की शलवार पर शिकारी सियाह गोश की तरह झपट रहा है। इस बद-रंग बारिश में गली के आख़िरी मोड़ पर एक कुएँ की मुंडेर नज़र आ रही है। धुँदली सी मुंडेर आहिस्ता-आहिस्ता बारिश की चादर ने लड़की, कुत्ते, ख़ून और दर्दनाक चीख़ों सब को ढक लिया। बस गली का वो आख़िरी मोड़ जिसके बा'द गली ख़त्म हो जाती है। साफ़ नज़र आ रहा है, बंद गली का आख़िरी मकान ये कुआँ है जिसकी वीरान मुंडेर पर बिल्ली बैठी रो रही है।

मैं अब नहीं रो रहा हूँ। मैं ढोल बजने की आवाज़ से जाग गया हूँ। माँ मेरे पास नंगे फ़र्श पर बैठी ढोल बजा रही है। मातमी ढोल और आहिस्ता-आहिस्ता गालियाँ बक रही है। ये गालियाँ उस गीत के बोल हैं जो वो ढोल पर गाती है। हर आला-ए-मौसीक़ी[3] का अपना एक निजी

1 भीगी 2 रोग की बेहोशी में 3 वाधयंत्र

गीत होता है। ये उस सियाह ढोल का गीत है, जो इंसानों के मुक़द्दर को कोसने और उन्हें गालियाँ दे दे कर लिखा गया है। उस ढोल और उसके गीत की ताब न लाकर इंसान के मुक़द्दर पर नीली लकीरें पड़ती जाती हैं। माँ इस तरह गालियाँ दे रही थी जैसे सरगोशी कर रही हो। उसी तरह सरगोशी करते करते ढोलक की थाप पर कभी-कभी अपने फेफड़ों की तमाम सियाही के साथ वो हंस भी देती थी। ये एक टूटी हुई चटख़ी हुई हंसी है। सूखी सी हंसी जो मुर्दा टहनियों पर ज़ोर-ज़ोर से चलने की आवाज़ से मुशाबेह[1] है।

---

1 के समान

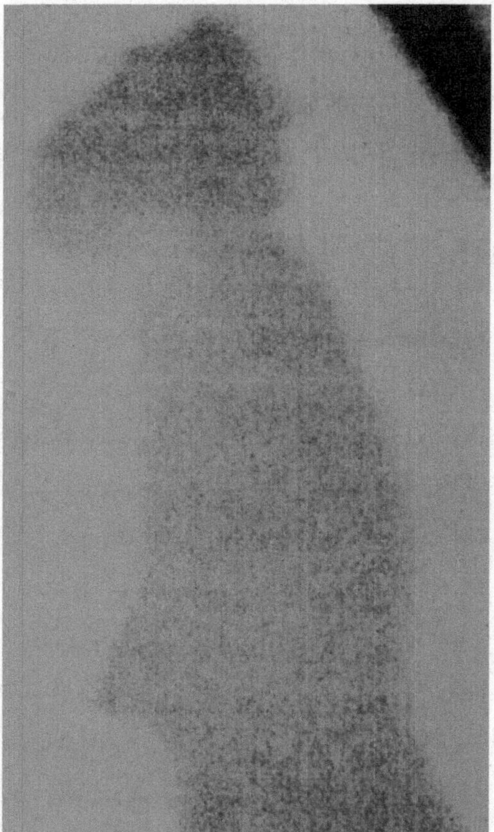

नौवाँ वरक़

आख़िर मेरा बाप सोते से जाग गया है, उस ने ढोल पर एक ज़ोरदार ठोकर मारी है। ढोल माँ के हाथों से निकल कर लुढ़कते-लुढ़कते भी बजे जा रहा है। उसकी ललकार जारी है। फिर एक कोने में जाकर वो दीवार से लग कर ठहर जाता है। मगर कुछ ऐसे इतमीनान और सुर्ख़-रूई[1] के साथ कि जैसे उसने अपना अ'ज़ीम[2] गीत मुकम्मल कर लिया हो और उसे सन्नाटे के हाथों में सौंप कर ख़ामोश हो गया है। बाप ने फिर एक-बार माँ के बाल अपने हाथों में पकड़ लिए हैं। और उन्हें लगातार झटके दिए जा रहा है। 'हरामज़ादी, रंडी, तूने उस भगोड़े फ़ौजी के साथ मुँह काला किया। वो जो फ़ौजी पुलिस की गोलियों से कुत्ते की मौत मारा गया। तू उसकी ग़लीज़[3] वर्दी पहनने के लिए उसी के सामने अपने सारे कपड़े उतार कर नंगी हो गई थी। मेरे बाप ने मेरी माँ के सर को फ़र्श पर दे मारा है। 'कुतिया तेरी आग नहीं बुझती। मीरासन[4] की औलाद। मेरा पाप गिना रही थी? देख अपना हराम देख। ये हराम का नुत्फ़ा[5], गुनाह की औलाद। मैं तेरी मुड़िया ज़मीन में रगड़ दूँगा। मैं इस हरामज़ादे का गला घोंट दूँगा। मेरे बाप ने मेरी माँ के बाल छोड़ दिए हैं। माँ नाक़ाबिल-ए-यक़ीन हद तक सहम कर फ़र्श पर अकड़ूँ बैठ गई है। वो अब गालियाँ नहीं बक रही है। वो शायद आहिस्ता-आहिस्ता रो रही है 'नहीं! ये ग़लत है, वो तुम्हारी औलाद है।' माँ आहिस्ता-आहिस्ता काँप रही है। 'झूटी, छिनाल, ये उसी कुत्ते का नुत्फ़ा है। उसी भगोड़े फ़ौजी का। बाप माँ की पीठ पर लात मारता है, वो उसी तरह हिल कर रह जाती है जैसे कोई परछाईं। 'यक़ीन करो, ख़ुदा के लिए, ये तुम्हारी

---

1 सफलता 2 महान 3 गन्दी 4 गाने वालीर औरत 5 क़तरा

ही औलाद है। 'तुम्हारा अपना ख़ून, तुम्हारे ख़ानदान[1] का चिराग़।' माँ कह रही है। हिचकियों और सिसकियों के दरमियान उसके अल्फ़ाज़ साफ़ सुनाई दे रहे हैं। मगर परछाईं के होंटों को जुंबिश तक नहीं होती।

मैंने सहम कर फिर चादर में मुँह छिपा लिया है। मुझे डर लग रहा है। मैं दुबारा सो जाना चाहता हूँ, मुझे नींद आ रही है, मेरी आँख में फिर रौशनी आ रही है। वही एक सियाह दीवार, वही दरार जिसमें जगह-जगह ख़ुद-रौ पौदे उग आए हैं। दरार से एक मैली सी आग की लपट निकल रही है। ऐसी लपट जो सड़क के किनारे कूड़ा-कर्कट जलाने से पैदा होती है। उस मैली रौशनी में एक छोटा सा शहर दिखाई दे रहा है। शहर, पेचदार गलियाँ, ऊंचे नीचे और छोटे बड़े मकान सब कड़ाके की सर्दी और ख़ामोश कोहरे की चादर में लिपटे हुए हैं। किसी मकान में कहीं कोई रौशनी नहीं नज़र आती। मगर ये अंधेरा सिर्फ़ काली सर्दी का ही नहीं है बल्कि हर घर की खिड़कियों और रौशनदानों के शीशों को काले काग़ज़ से मंढ दिया गया है ताकि दुश्मन मुल्क के तय्यारों[1] को किसी आबादी की सुराग़ न मिल पाए। कहीं कोई आवाज़ नहीं सुनाई देती, कोई निकल कर बाहर नहीं आता। ये ब्लैक आउट है। जंग के दिन चल रहे हैं। बार-बार जंगी तय्यारे अपनी दहशतनाक[2] आवाज़ के साथ घरों की छतों के ऊपर से निकल जाते हैं। शाम होते ही सब घरों की बत्तियाँ बुझा देने का हुक्म है। कभी-कभी गलियों में अपने भारी बूटों के साथ फ़ौज गश्त करती है और किसी के घर में रौशनी का ज़रा सा शाइबा[3] तक होने पर उसका दरवाज़ा पीट-पीट कर किसी भी क़िस्म की बत्ती न रौशन रखने की तन्बीह[4] करके आगे बढ़ जाती है। वो चूल्हों में जलती आग की लपट तक को मुआ'फ़ नहीं कर सकते।

तारीक[5] और दहशतनाक रात में कई पहर रात गुज़रने के बा'द

---

1 जंगी जहाज़ों 2 भयानक 3 संदेह 4 नसीहत 5 अंधेरी

एक मकान के अंधेरे किवाड़ों पर हल्की सी, सहमी सहमी दस्तक हो रही है। मेरा बाप ख़ामोशी से उठा है, और बिल्ली की चाल चलता हुआ दरवाज़े तक पहुंचा है। उसने बहुत एहतियात और होशियारी से दरवाज़ा खोला है। किवाड़ बिल्कुल नहीं चरमराते ।मगर एक साया अंदर आता है, जगह-जगह से कटा फटा सा और मस्ख़-शुदा[1] साया। मेरा बाप मेरी माँ के कान में सरगोशी करता है। 'भाई है, अपने दीन का है। हम उसे पनाह देंगे। साया एक कोने में सिकुड़ कर बैठ जाता है। माँ की आँखें सर्द अंधेरे में बिल्ली की तरह चमक रही हैं। वो दीवारों और उनके कोनों पर एक नन्ही सी टार्च की मानिंद फिसल रही हैं या शीशे की दो चमकदार गोलियों जैसी। इन आँखों की चमक से वो साया पहले किसी फ़ोटो के नेगेटिव में और फिर आहिस्ता-आहिस्ता एक ख़ूबसूरत रौशन तस्वीर में बदल जाता है। फ़िल्म के फ्रेम में वक़्त थोड़ा आगे बह गया है। जिस्मों में उम्र की मिक़दार[2] कुछ और बढ़ गई है। सर्दी कम हुई है, दहश्त कम हुई है, अंधेरा कम हुआ है। दुनिया में कौन सी शैय ऐसी है जिससे कोई फ़ायदा न होता हो? जंग से भी फ़ायदा हुआ है। जंग में होने वाली क़त्ल-ओ-ग़ारत-गरी[3] ने बड़े पैमाने पर आबादी का सफ़ाया कर दिया है। ज़मीन जंगल में बदल रही है। माहौलियात[4] वाले मुतमइन[5] हुए हैं कि कायनात की हरारत[6] को और माहौलियाती तवाज़ुन[7] बरक़रार रखने की इस से बेहतर सूरत और क्या हो सकती थी? जंग की आतिश-ज़नी[8] ने आख़िर ब्लैक आउट में डूबे हुए उस अंधेरे शहर को रौशन कर दिया है। जंग ने माँ की आँखों को रौशन किया है। उसकी काली आँखों में नई चमक उभर आई है। उसके होंट खिलते हुए कँवल जैसे हो गए हैं। माँ ने सब्ज़ चूड़ियाँ पहनना शुरू कर दी हैं जो उसके मिट्टी जैसे रंग की कलाइयों में हरी-भरी घास की तरह नज़र आती हैं। मेरे बाप के हाथों बार-बार नोचे और झिंझोड़े हुए अपने कमज़ोर भूरे बालों में उस ने चाँदनी के फूलों का गजरा सजाना सीख लिया है।

1 अंग कटा हुआ 2 मात्रा 3 रक्तपात 4 वातावरण 5 संतुष्ट 6 तापमान 7 संतुलन आग लगाना

अपने ढोलक पर वो नरम और शीरीं बोल वाले गीत गाने लगी है, जो आस्मान से गुज़रते जंगी तय्यारों[1] की हैबतनाक[2] आवाज़ को चिड़ाते हैं। कितना ज़माना गुज़र गया? कितना ज़माना गुज़रा होगा दूर सरहद पर गोलियाँ चलती हैं। एक बार फिर अँधेरी रात में, ब्लैक आउट में उसी दरवाज़े पर दस्तक होती है। ये एक दस्तक नहीं, ये बहुत सी दस्तकें हैं। ये दस्तकें नहीं हैं ये वज़नी बूटों की ठोकरें और संगीनों की नोकें हैं जिन से कमज़ोर लकड़ी के किवाड़ टूटे जा रहे हैं। ख़ूबसूरत रौशन तस्वीर नेगेटिव में बदलती है और फिर फ़ौरन ही एक कटे फटे से साए में। साया काली सर्दी को ओढ़ कर घर के अक़बी[3] रौशन-दान से बाहर रेंग जाता है। थोड़ी देर बा'द दूर गली के आख़िरी मोड़ पर कुएँ के पास एक के बा'द कई फ़ायर होते हैं। वज़्नी बूटों की धमक से गली की सड़क चटख़ कर रह गई और एक मैली बोसीदा[4] फटी वर्दी में कई सुराख़ हो गए। माँ की आँखें सूनी और बेरंग हो गईं। उनमें आँसू नहीं थे, वहाँ सिर्फ़ आँसुओं की हवा आ कर बैठ गई थी। माँ के होंट जली हुई फ़सल जैसे हो गए।

बाप के ख़ौफ़नाक ख़र्राटों से मेरी आँख खुल गई है। मैंने चादर से मुँह बाहर निकाल लिया है। माँ फ़र्श पर उसी अंदाज़ में बैठी हुई है। घुटनों में सर दिए, ख़ामोश, रात न जाने कितनी बीत गई है। मैंने सुकून के साथ चादर में फिर मुँह छुपा लिया है। मुझे अब अस्ल नींद आने वाली है। मुझे मा'लूम है कि अब इन दोनों में झगड़ा नहीं होगा। गहरी और मेहरबान नींद में, मैंने अपने माथे पर अपनी माँ को प्यार करते देखा है। वो मुस्कुरा रही है, उसकी काली आँखों में मेरे क़द के बराबर का एक आँसू चमक रहा है। इस आँसू में अनार का एक उदास दरख़्त झूम रहा है। इस उदास दरख़्त की शफ़क़त[5] भरी हवा में मेरी नींद और भी गहरी होती चली गई है। मैं शीर-ख़्वार[6] बच्चों की तरह सो रहा हूँ। मैं मुट्ठियाँ भर-भर के मूंगफली के सफ़ेद दाने खा रहा हूँ। मैं वाक़िअ'तन[7] सो रहा हूँ।

---

1 जहाज़ 2 भयानक 3 पिछले 4 पुराने 5 कृपा 6 दूध पीते हुए नवजात 7 वास्तविक रूप में

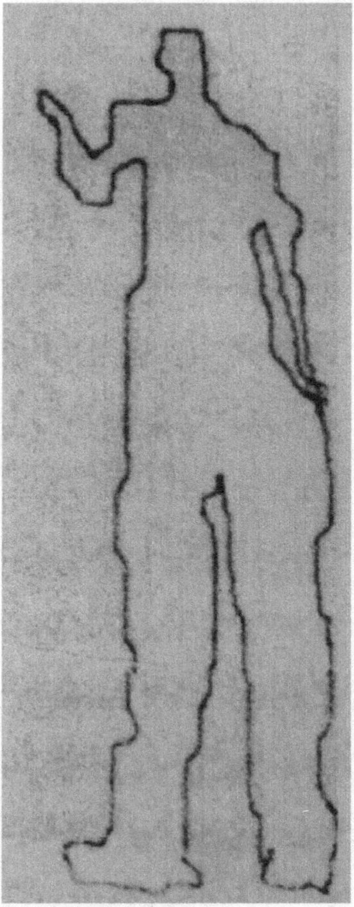

दसवाँ वरक़

दिन चढ़ आया था जब मैं जागा। माँ फ़र्श पर नहीं थी। वो घर में भी नहीं थी। वो कहीं चली गई थी। उसका ढोल उसी कोने में ख़ामोश पड़ा था। माँ को तलाश करने के लिए मेरा बाप गली के दूसरे लोगों के साथ जगह-जगह भटकता फिर रहा था। वो नहीं मिली। मैं घर से बाहर भागता चला गया। ख़िजाँ का मौसम था। मेरे पैरों के नीचे सूखे पत्ते और टहनियाँ कुचल रही थीं। उन से माँ की सूखी हंसी की आवाज आती थी। भागते-भागते मैं शायद शह्र की सरहद तक पहुंच गया, जहाँ एक उजाड़ मिट्टी का टीला है। टीले पर दूर मुझे माँ नज़र आई। फिर ग़ायब हो गई। फिर दिखाई दी। फिर छुप गई। फिर एक नुक़्ते में घटते घटते वो टीले के अक़ब की उस ज़मीन में मा'दूम हो गई जहाँ जंगी क़ैदियों की क़ब्रें हैं। उसके बा'द मैंने माँ को कभी नहीं देखा। यही वो लम्हा था जिसके बा'द मैंने अपने नेकर में एक चाक़ू छुपा कर रखना शुरू' कर दिया। मैं ख़ला में चाक़ू से लकीरें बनाता रहता हूँ। मैं अपने बाप को क़त्ल कर देना चाहता हूँ। मैं अपने बाप का ख़ून अपने चेहरे पर मलना चाहता हूँ। ये सब क्या है? कोई कॉमेडी? या कोई अलमिया[1]। शायद दोनों? मगर उसका हीरो कौन है, मैं तो नहीं हूँ, अगरचे इस ड्रामे का स्क्रिप्ट मैंने ही लिखा है, मगर मैं तो एक बुरा किरदार बन कर भी उस स्टेज पर आने से मा'ज़ूर[2] हूँ। मैं एक मायूसकुन[3] परछाईं हूँ। स्टेज पर काँपती हुई, ये इंसानी परछाईं नहीं, ये किसी शैय की परछाईं भी नहीं। ये रौशनी में नज़र आने वाली परछाईं नहीं है। ये हवा में झूलती हुई

---

1 बिउम्बना 2 असहाय 3 निराशाभरी

एक गंदी गाली की परछाइऐं है। अंधेरे में बैठी शर्मिंदा हवा की परछाईं। अपने बाज़ूओं और घुटनों में सर छुपाए, इसलिए स्टेज पर इस ट्रेज्डी की चीख़ कभी न सुनी जा सकेगी। कमज़ोर, शर्मसार और ठोकर खाती हुई लुढ़कती हुई चीख़ कभी किसी अलमिए[1] के लिए लिखे गए संगीत से रब्त नहीं रखती। उसका कोई आहंग[2] और कोई सुर नहीं होता। वो सिर्फ़ पेट के कीड़े की दबी दबी और नाक़ाबिल-ए-शनाख़्त आवाज़ है। ये वो चीख़ है जो उस ट्रेज्डी को कॉमेडी में तब्दील कर देती है, इसलिए अलमिए का अ'ज़ीम और अख़लाक़ी स्टेज उसे हिक़ारत[3] से ठोकर मार कर वहाँ से निकल जाने का हुक्म सादिर[4] करता है। पर्दा गिरता है, फिर उठता है। परछाईं अंधेरे में सर झुकाए बैठी रहती है। थिएटर जारी है, मायूसकुन[5] चीख़ अपने हिस्से की एक ताली भी नहीं हासिल कर पाती। तब ये चीख़ रोती है, फिर हँसती है, और फिर पागल हो जाती है। वो उसी पागल ग़लीज़[6] हवा की तरफ़ घिसटने लगती है, जिससे वो बनी थी। उधर अंधेरे में बैठी हुई। इधर थिएटर चलता रहता है।

---

1 बिउम्बना 2 गीत 3 तिरस्कार 4 आदेश देना 5 निराश करने वाली 6 गन्दी

ग्यारहवाँ वरक़

माँ के चले जाने के बा 'द बाप ने मुझे नफ़रत के गहवारे[1] में पालना शुरू' कर दिया। वो मेरे लिए खाना पकाता, मेरे कपड़े धोता और मुझे लफ़्ज़ों के सही हिज्जे करना सिखाता और हिसाब में ख़ास-तौर पर सूद दर सूद के सवाल हल कराता। मेरा हर काम करते वक़्त वो मुझे नफ़रत से जलती हुई आँखों से घूरता रहता और लगातार मुझे हराम-ज़ादे के लक़ब[2] से नवाज़ता रहता जो सिर्फ़ खा-खा कर मोटा होता जा रहा था और पढ़ने लिखने के मुआ 'मले में इंतिहाई ग़बी[3] था। मैं भी अपना चाक़ू सँभाल कर रखने लगा। मैं रोज़ इस फ़िक्र में रहता कि किसी तरह इस चाक़ू से उसे क़त्ल कर दूँ। सिर्फ़ इसी चाक़ू से।

एक दिन उसने मुझे गली में लगे हुए बिजली के खम्बे से बाँध कर सब के सामने बुरी तरह मारा, मेरा क़सूर ये था कि मैंने मुहल्ले की अपनी उम्र से कुछ बड़ी लड़की को एक फ़ुहश[4] इशारा कर दिया था। सच तो ये है कि ये सिलसिला बहुत दिन से चल रहा था। मैं अपने घर की छत पर खड़ा हो जाता था और वो भी मौक़ा' देखकर अपनी छत पर आ जाती थी। हमारे घर से उसका घर थोड़ा दूर था, लेकिन छतें तक़रीबन आमने-सामने थीं। और दूर से ही सही, हम एक दूसरे को साफ़ देखते थे। वो मेरे फ़ुहश इशारों को बहुत दिलचस्पी से देखती थी, और अक्सर हँसी से दोहरी हो हो जाती थी। एक दिन मुहल्ले के लोगों ने ये खेल देख लिया। लड़की तो पारसा साबित हुई, सारा इल्ज़ाम मेरे ही सर आ गया। मुहल्ले में अपनी साख को बरक़रार रखने की ख़ातिर

---

1 पालना खटोला 2 उपाधी 3 कम दिमाग़ 4 अशलील

मेरे बाप ने मुझे सब के सामने सज़ा देने का फ़ैसला किया।

किसी ज़माने में मेरा दादा काश्तकारों[1] को पेड़ के तने से बंधवा कर पिटवाता था। मेरे बाप के ख़ून में ये तर्बियत[2] शामिल थी। सियाह सख़्त लोहे का खम्बा, ऊपर बिजली के तार झूल रहे थे। खम्बे के ऊपर लगे चीनी के सफ़ेद जम्परों से सन-सन की आवाज़ आ रही थी। गर्मियों की रात थी और बिजली के खम्बे में लगे सफ़ेद चीनी के बड़े से कंटोप में तेज़ रौशनी वाला बल्ब जल रहा था। जिसके चारों तरफ़ कीड़े और पतंगे दीवाना-वार नाच रहे थे। रौशनी और कीड़ों की वजह से खम्बे के पीछे वाली दीवार पर बेशुमार छिपकलियाँ नमूदार[3] हो गई थीं। उसने मुझे सिर्फ़ पैरों से मारा। लोहे के सख़्त खम्बे के ज़रीए ज़मीन से हो कर एक बर्क़ी[4] रौ भी कभी-कभी मेरा जिस्म झनझना कर रख देती थी। मुझे छट्टी का दूध तो याद नहीं आया, मगर अपनी माँ के पेट के अंदर के ज़लज़ले याद आए। मुझे यक़ीनन उस वक़्त अपनी माँ की आवाज़ में रोना चाहिए था, मगर मैं बिल्कुल नहीं रोया। मैंने ख़ुद को भी एक सियाह लोहे के खम्बे की ही तरह तसव्वुर[5] किया, जो एक दूसरे खम्बे से अपनी पीठ गड़ाए ताक़त का एक अनोखा मुज़ाहिरा[6] कर रहा था। मेरे कानों, मुँह और नाक में बारीक-बारीक से भुन्गे दाख़िल हो रहे थे और दीवार पर चिम्टी छिपकलियाँ उन्हें देख देख कर हँसती थीं। नफ़रत का मुक़ाबला नफ़रत से ही किया जा सकता है, आँसूओं से नहीं। आँसू के लिए बेहतर है कि वो बजाए आँख के, आँतों में जाकर छुप जाए।

साल गुज़रते गए। मेरे बाप की उ'म्र ढलने लगी। उसने मुझे गालियाँ देना कम कर दिया। उसकी आवाज़ में कमज़ोरी आती गई, उसे खाँसी रहने लगी। मैं एक लम्बे तड़ंगे नौजवान में बदलने लगा, और लगातार स्कूल के इम्तिहानात[7] में फ़ेल होने लगा। मैंने मुहल्ले की कई

1 किसानों 2 लालन-पालन 3 दिखाई दी 4 बिजली संबंधी 5 विचार किया 6 प्रदर्शन 7 परिक्षाओं

लड़कियों से जिन्सी तअ'ल्लुक़ात[1] बना लिए, जिनकी नज़रों में, मैं एक पुराने ज़माने के फ़िल्मी हीरो से मिलता-जुलता था। सिवाए इसके कि मेरा सर बाएँ तरफ़ को थोड़ा पिचका है।

कम उ'म्री के ज़माने में मुझे मज़हब से थोड़ी दिलचस्पी थी, मगर जैसे-जैसे मैं बड़ा होता गया, मज़हब से मेरा जी बिल्कुल उचाट होता चला गया। मैंने ख़ास मवाक़े[2]' पर भी इ'बादत-गाहों में जाना छोड़ दिया क्योंकि वहाँ जाकर मुझे अब ये महसूस होता है जैसे मैं फिर उसी बिजली के, लोहे के काले खम्बे से बँधा हुआ हूँ और एक सियाह चाबुक आहिस्ता-आहिस्ता मेरी तरफ़ आ रहा है। मुझे वहाँ जाने में ख़ौफ़ सताने लगा।

कभी-कभी बड़ी बेचैनी के साथ मुझे ये महसूस होता है जैसे किसी ज़माने में मेरा कोई जज़ीरा[3] था, जो अब जे़र-ए-आब[4] चला गया है। उस डूबे हुए जज़ीरे पर अब मेरे पैरों के निशान भी बाक़ी न बचे होंगे। सारी मिट्टी बह गई होगी और उन निशानों की जगह पर ऊँघती आँखों वाली मछलियाँ अपने गलफड़े रगड़ती होंगी। मैं अपने हाफ़िज़े[5] को, उस वफ़ादार कुत्ते को अक्सर आईने के सामने खड़ा हो कर आवाज़ लगाता हूँ। वो कहीं और भटक रहा है। मेरा ज़ेर-ए-आब जज़ीरा ऊपर नहीं आता। मैं उस ग्रहन के इन्तिज़ार में हूँ जो उस जज़ीरे को ऐसे मद्द-ओ-जज़्र[6] से आशना करेगा कि वो पानी से उभर कर मेरे आईने में आकर ठहर जाएगा। मैं मुँह में झाग लिए और दाँत भींचे हुए अपनी पुरानी परछाइयाँ बटोरता फिरता हूँ। मैं आईने में झाड़ू देता हूँ ताकि गुज़रे वक़्तों की परछाइयों के पुर्जे़ बटोर कर समेट लूँ।

मगर मुझे अपनी हिमाक़त[7] और ग़लती का एहसास जल्द ही हो गया। आईने में परछाइयाँ नहीं होतीं, वहाँ सिर्फ़ तुम्हारा अ'क्स होता है,

---

1 संबंध 2 अवसरों 3 द्वीप 4 पानी के अन्दर 5 स्मृति 6 उतार-चढ़ाव 7 मूर्खता

तुम्हारी ही नक़्ल करता हुआ, एक आसेब-ज़दा[1] बंदर, तुम मुक्का उठाते हो और वो मुक्का तुम्हारे चेहरे पर ही तनता है। ये अ'क्स है, एक उकता देने वाला घटिया और बुग़्ज़[2] से भरा हुआ एक ड्रामा। वो हमेशा तुम्हारे मुक़ाबिल होता है। एक अज़ली[3] दुश्मन की तरह। वो सिवाए दुश्मनी के हर इमकान[4] से ख़ाली है। वो वही है जो तुम हो। मगर परछाईं? वो तुम्हारी इकलौती रफ़ीक़ है, वो तुम्हारे सामने आकर कभी नहीं हँसती। तुम मुक्का उठाते हो, तो तुम्हारी परछाईं उस मुक्के को अंत तक ले जाना चाहती है। उसकी काली या धुँदली लकीरें ला-महदूद[5] इमकानात[6] से माला-माल हैं। वो हमेशा तुम्हारे जिस्म के किनारों पर भटकती हैं, जिस्म की चौकीदारी करती हुईं। उसे वुसअ'त[7] बख़्शती हुईं, परछाईं जिस्म से अलग हो कर सिर्फ़ तुम्हारे सामने ही नहीं खड़ी हो जाती बल्कि कभी-कभी तो वो एक साथ तुम्हारे आगे-पीछे, दाएँ-बाएँ भी होती है और कभी तुम्हारे जिस्म के अंदर उसकी मुकम्मल अक़्लीदस से अपनी सय्याल[8] लकीरों को ख़ुलूस के साथ हम-आहंग[9] करती हुई हमेशा के लिए अपने आप को तुम्हारे सुपुर्द कर देती है।

फिर भी परछाईं की अपनी एक अलग दुनिया है। एक अलग वुजूद है। वो शीशे की मुहताज नहीं, वो रौशनी की भी मुहताज नहीं, बल्कि रौशनी का तो वो मज़ाक़ उड़ाती है। अपनी सियाह लकीरों के ज़रीए, बदलती हुई रौशनी के बदलते हुए ज़ावियों[10] में और चढ़ते डूबते सूरज के साथ वो अपने नैन नक़्श बदलती है और उसके बा'द कहीं और चली जाना चाहती है। दूर एक अ'ज़ीम ट्रेज्डी के लिए, एक सूने स्टेज पर अपना सारा अँधेरा समेटे हुए, अपना शानदार रोल निभाने के लिए तय्यार। उस बड़े अदाकार की मानिन्द जो महज़ अपने किरदार में ही नहीं डूबता बल्कि उसकी अदाकारी के किनारे, किरदार के बाहर भी

---

1 भूतहा 2 शत्रुता 3 आदिकालीन 4 संभावना 5 असीमित 6 संभावनाएँ 7 फैलाव 8 बहने वाली 9 एक लय 10 कोणों

आकर टूटते और बहते रहते हैं। और मैं ? मैं आजकल यही सब तो करता हूँ, मैं झाड़ू हाथ में लिए परछाइयाँ बटोरता हूँ। अपनी ख़ाली टोकरी को भरने के लिए। मगर मेरा ज़ेर-ए-आब जज़ीरा सत्ह-ए-आब पर नहीं आता, यहाँ तक कि मेरे मुँह से झाग निकलने लगते हैं। दाँत आपस में भिंच जाते हैं, मुझे दौरे पड़ने लगते हैं।

मेरा बाप ता'वीज़ और गंडे ला-ला कर मेरे गले में डालने लगा। वो ता'वीज़ और गंडे इतने भारी थे कि मैं झुक कर चलने लगा, और मेरी साँस फूलने लगी। वो मुझे न जाने कौन-कौन से डाक्टरों और हकीमों के पास ले जाता रहा। रंग-बिरंगी टिकियों से मेरा घर पट कर रह गया। ये गोलियाँ खा कर मैं आराम से सोने लगा, मगर बहुत ज़ियादा फ़र्क़ नहीं पड़ा। मैं मोटा होने लगा, मेरी बद-फ़े'लियाँ[1] बढ़ गईं। मेरी शहवत[2] में इज़ाफ़ा होता गया। मैंने पढ़ना लिखना छोड़ बिल्कुल छोड़ दिया। मेरा बाप अब किसी बात पर मुझे टोकता नहीं था। वो शायद अब इस पस-ओ-पेश[3] से बाहर आ गया था कि मैं उसकी औलाद था या हराम का नुत्फ़ा[4]। शायद उसने ज़बरदस्ती मुझे अपनी बद-नसीब औलाद तस्लीम[5] कर लिया था क्योंकि क़द काठी में, मैं बिलकुल उसके ऊपर गया था, मगर मुझे अपनी छटी हिस से ये भी मा'लूम था कि वो मुझसे आज भी नफ़रत करता है। ये नफ़रत एक ऐसे फोड़े जैसी थी जिसके पस भरे रेशे तमाम जिस्म में फैल जाते हैं। कई बार मैंने उसे माँ के ढोल की धूल साफ़ करते और चुपके-चुपके रोते हुए भी देखा, मगर उस से मेरी नफ़रत कम नहीं हुई, बल्कि वो तो और भी बढ़ गई। मैंने अपने चाक़ू से ख़ला में लकीरें डालने की रफ़्तार जुनून[6] की हद तक बढ़ा दी। मैं अपने बाप की उल्टी लटकी हुई तस्वीर पर ख़ंजर बाज़ी करने लगा।

---

1 व्याभीचार 2 कामुकता 3 दुविधा 4 क़तरा 5 मान लेना 6 पागलपन

बारहवाँ वरक़

किसी नीम[1] हकीम ने मेरे बाप को ये मश्वरा दिया कि मेरी शादी कर दी जाए, इसी से मेरा जुनून कम हो सकता है। बाप भी मुझसे तंग आ गया था। आख़िर बड़ी कोशिशों के बा 'द और झूट का सहारा लेकर एक दिन उस ने मेरी शादी करा ही डाली। शादी की रात मेरे बाप ने मुझे नफ़रत और हिक़ारत[2] के साथ देखते हुए मुझे हजला-ए-उ 'रूसी[3] में ढकेल दिया। वो बेहद सुर्ख़-ओ-सफ़ेद रंगत वाली एक पस्ता-क़द[4] और मोटी लड़की थी। सेज पर बैठी हुई वो किसी बड़े से सुर्ख़-रंग के ग़ुब्बारे जैसी नज़र आती थी जिसे देख कर बच्चों का दिल उससे खेलने के लिए मचल सकता था। मैं उसके साथ एक रस्मी और मा 'मूली हम-बिस्तरी करके सो गया। मैंने कई नीली टिकियाँ खा रखी थीं इसलिए मुझे बेहद गहरी नींद आई। मगर अफ़सोस कि उस रात मुझे मेरे मख़्सूस[5] ख़्वाब नहीं आए। उसकी वज्ह ये थी कि मेरे तकिए पर किसी और का सर भी था। उसकी साँसों की अजनबी फुंकारें और उन से फूटतीं हुईं, मुँह की राल की बिसाँधें।

अस्ली ख़्वाब भी एक तन्हा जिस्म चाहते हैं। ख़्वाबों को भी ख़ल्वत[6] चाहिए। वो दूर, ना-दीदा[7] ख़लाओं[8] से सोते हुए किसी अकेले शख़्स के लिए आते हैं, मगर वो उसके तकिए पर कोई दूसरा सर देख कर वापस मुड़ जाते हैं। वापस जाते वक़्त वो सिर्फ़ अपनी आड़ी तिरछी लकीरें ही छोड़ जाते हैं। ये लकीरें जो पानी में बहती हुई किसी तेज़ रफ़्तार शै से बनने वाली लकीरों की मानिन्द हैं। उन लकीरों में कुछ नहीं होता।

---

1 आधा 2 तिरस्कार 3 वधु के लिए सजाया गया कमरा 4 छोटे क्द की 5 विशेष 6 एकांत 7 जो न देखा हो 8 कोण

ख़्वाब अपनी क़वाइ'द, अपने ख़ुफ़िया कोड और अपने चेहरे को सियाही से थोप कर सब कुछ छुपाते हुए वापस चला जाता है। ये लकीरें तो महज़ एक सुराग़ हैं कि वो आया था मगर मायूस वापस गया। क्योंकि तुम उस वक़्त किसी को बाँहों में लिए सो रहे थे। तुम्हारे कंधे पर किसी का सर था। ये सोना तो सोने की तौहीन है। फिर सिर्फ़ ऊटपटाँग मंज़रों के बे-तुके सिलसिले बाक़ी रह जाते हैं। अब तुमहारे ही जिस्म का कोई हिस्सा तुम्हारे बारे में झूटी ख़बरें देने वाला एक नक़्ली ख़्वाब देखता है। और तुम्हारे तकिए पर एक ख़ास ज़ाविए[1] से दबा हुआ तुम्हारा सर, बाएँ पैर का मुड़ा हुआ अँगूठा और एक दिन का ग़ैर-दुरुस्त हाज़मा, सब मिल कर उस मज़हका[2] ख़ेज़ी को और बढ़ावा देते हैं। तुम्हारे दिमाग़ की हड्डीयों में अस्ल ख़्वाब के बाक़ियात[3] तक नहीं रहते। मगर मगर जब तुम तन्हा सोते हो, बाहर अंधेरा बरसता है। रात आधी होती है, तब वो मुकम्मल तौर पर तुम्हारे जिस्म और तुम्हारी रूह को अपनी गिरफ़्त में लेकर, उन्हें पूरी ताक़त से जकड़ते हुए अपने सारे अस्रार[4] और पोशीदा[5] इ'ल्म-ओ-इरफ़ान के बंद तुम पर खोलता है। ख़्वाब तब ही तुम्हें माला-माल करके जाता है। जब तुम इस तरह बेचारगी और बे-बसी के साथ अकेले होते हो, तब ख़्वाब तुम्हें बताता है कि तुम ख़ुदा को मुत्तलाअ'[6] करो कि तुम्हारे सर से ख़ून बह रहा है। तुम्हारे सर पर एक वज़्नी ठोकर पड़ी है।

जैसे-जैसे दिन गुज़रते गए, मेरे वो मख़्सूस[7] ख़्वाब आना बंद होते गए। गोलियाँ खाते रहने के बावजूद मुझे ब-मुश्किल तमाम नींद आती। हर वक़्त बेचैनी महसूस होती। मैं अंदर से बिल्कुल उजाड़ और सूखता जा रहा था। मुझे न दुख का एहसास था और न सुख का। चलते फिरते लोग मुझे साकित-ओ-जामिद[8] दीवारों की तरह महसूस होते थे। ऐसा

---

1 कोण 2 हास्यास्पदता 3 अवशेष 4 भेद 5 छुपे हुए 6 सूचित 7 विशेष 8 जड़ता का भाव

लगता था जैसे किसी फ़िल्म के फ़्रेम में बहता हुआ वक़्त अचानक एक मुक़ाम पर रुक गया था। मेरा हाफ़िज़ा[1] कमज़ोर पड़ने लगा। मैं चीज़ों के नाम भूलने लगा। मैं अन औ'रतों को भी भूलने लगा जिन से मेरे मुआ'शिक़े[2] और जिन्सी[3] तअ'ल्लुक़ात थे। ले दे कर बस वही एक रह गई। वो जिसके ज़र्द हाथ हैं और आँखें ख़ाली हैं। उसी ने मुझसे मोहब्बत की और मुझे मेरे जिस्म की वहशियाना[4] ताक़त के सबब नहीं चाहा। एक वही तो है जिसके नीले दुपट्टे की धज्जी मैं अपने मुँह में लिए-लिए फिरता हूँ। एक वही है जिसने मुझमें एक ग़ैर दाइमी रूह होने का एहसास दिलाया। उसने मुझे मेरे गुनाहों के एलबम दिखाए और उन गुनाहों की पाकीज़ा ख़ूबसूरती से भी रू-शनास[5] कराया। वो जो मेरी ब्याहता न थी और मेरे मज़हब की भी न थी, मगर उसने हमेशा मेरे लिए करवा चौथ का ब्रत रखा। हाथों में मेहंदी रचाई, अपने ज़र्द हाथों में लाल चूड़ियाँ पहनीं। बड़ी सी गोल सुर्ख़ बिन्दिया भी लगाई। ये सब क़ाबिल-ए-रहम[6] हद तक ख़ूबसूरत और पाकीज़ा था। उसका जिस्म अपनी रूह को सैराब[7] करने के लिए भूका और प्यासा रहा। महज़ इसलिए कि रूह की भूक मिट जाए। जिस्म ने रूह के आगे मैदे के बिस्कुटों के टुकड़े डाले और रूह ने उसे एक कुत्ते की तरह खाया। हाँ यक़ीनन एक कुत्ते की तरह, जिस्म रूह के आगे सज गया, सँवर गया और रूह की तसल्ली हो गई। उफ़ ये बेशर्म दो कौड़ी की रूह जिसके एक सालिमे[8] को भी दवाम हासिल नहीं है, करवा चौथ का ब्रत रख कर और भूकी प्यासी रह कर उसके कमज़ोर और ज़र्द हाथों की कपकपाहट से जो चूड़ियाँ बजने लगीं होंगी, क्या उनसे उस आत्मा के कान रसीले न हो गए होंगे।

हमेशा से यही होता आया है। बेचारा जिस्म रूह के आगे तश्तरी[9] में रखकर अपना ख़ून भरा कलेजा पेश करता है मगर रूह की हवस नहीं

1 स्मृति 2 प्रेमालाप 3 शारीरिक 4 पागलों जैसी 5 परिचित 6 दया योग्य 7 भरना 8 अणु 9 प्लेट

मिटती। वो मज़हब में पनाह ढूंढती है। नाशुक्री कहीं की।

ज़ख़्मों से भरी पीठ और अपना फटा हुआ सर लिए इंसान कब से एक वाहिमे[1] की मानिन्द इस फ़ानी दुनिया में भटक रहा है। और करवा चौथ का ब्रत थाली में सजाये एक कमज़ोर से दिए की मायूस रौशनी में उसका जिस्म ज़मीन पर डगमगा रहा है।

वो मेरे लिए सदियों तक शायद यही करती रहती अगर अचानक एक दिन उसे भी मेरी तरह दुनिया के यक्सर ख़ाली होने का इन्किशाफ़[2] न हो जाता। उस ने भी इन उल्टी लटकती हुई तस्वीरों को देख लिया होगा। इसलिए मुझसे मोहब्बत करने के बावजूद और मेरे लिए ही जीते जाने और मरते जाने के बावजूद वो मुझसे क़तअ'-ए-तअ'ल्लुक़[3] कर लेना चाहती है। उसकी आँखों में सफ़ेद नुकीली हड्डियाँ उभरी हैं और ये पहली बार हुआ है कि उसके सामने बैठे-बैठे भी मुझे चक्कर और पसीने आए हैं। एक दिन आया जब मैं उस के घर से एक कुत्ते की तरह नहीं बल्कि बेशर्म सुअर की तरह बाहर निकला।

---

1 वहम संबंधी 2 रहस्य खुलना 3 संबंध विच्छेद

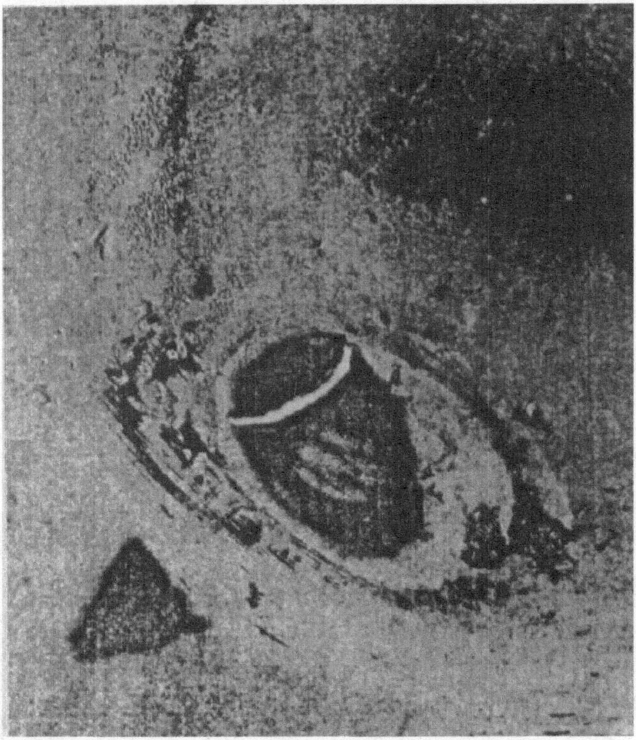

तेरहवाँ वरक़

मेरी आवारगियाँ और बद-फ़े'लियाँ[1] अपनी जगह मगर उन से मुझे कभी कुछ लुत्फ़ नहीं हासिल हुआ। मेरा कहना है कि हवस जिन्सी[2] फ़े'अल से बेहतर होती है, जिस तरह सन्नाटा आवाज़ से और अंधेरा रौशनी से बेहतर होता है। अस्ल लुत्फ़ तो मुझे अपने उन प्यारे ख़्वाबों से ही मिलता था। हाय मेरे वो ख़्वाब जो शादी के बा'द मुझे आना बंद हो गए। वो ख़्वाब कभी अकेले नहीं होते थे, कोई इंसान, कोई जानवर, कोई दरख़्त, कोई साइकिल या कोई गेंद तो उस अंधेरे में होती ही थी। वो ख़्वाब दर-अस्ल फ़ुहाशी[3] को एक मातमी धुन या शोक गीत की तरह गाते थे। वहाँ मेरी अफ़्सुर्दा[4] और पागल ख़्वाहिश होती थी, जिसका भरम रखने के लिए कोई न कोई मेहरबान साया मेरे जिस्म से आकर लिपट ही जाता था। अगरचे ये सब एक भयानक वीराने में, एक बंजर ख़राबे में वोक़े'[5] होता था। मेरा जिस्म ऊपर से जुंबिश न करता, उस पर तारीकी गिरती थी, मगर उसके ख़ून के अंदर एक महफ़िल सजती थी, एक गंदी और रक़ीक़ गाली झूम-झूम कर क़व्वाली का बहरूप भर्ती थी। पाकीज़गी को नजासत[6] से, बाक्रा[7] को फ़ाहिशा[8] से और आँख को नाफ़ से वहाँ अलग नहीं किया जा सकता था। वो ख़्वाब मुकम्मल तौर पर जमहूरी[9] थे। वो दिमाग़ के अंदर पोशीदा[10] भेजे के रेशों की तरह एक-दूसरे से गुथे हुए थे। एक रेशे पर आहिस्ता से उंगली धरो तो वहाँ ख़ून मरने लगे। मैं ख़्वाब में बिल्कुल सच्चा था, मुनाफ़िक़त[11] से दूर, अपने ख़ौफ़, अपनी नफ़रत और अपनी ख़्वाहिश, किसी को भी मैंने वहाँ दर-बदर नहीं

---

1 व्याभिचार 2 यौन 3 अशलीलता 4 उदास 5 धारित 6 गन्दगी 7 कुवारी लड़की 8 अशलीलता 9 लोकतांत्रिक 10 निहित 11 बहुमुख

किया, कोई भी धूल अपने ख़्वाबों में, मैंने कभी नहीं झाड़ी, अफ़सोस वो क्या गए कि ज़िन्दगी बेमज़ा हो गई। मैं गुम-सुम रहने लगा। आँखों के सामने हर मंज़र पर ख़ुद मेरे ही ज़रीए छुपाए गए चाक़ू ने ख़राशें डाल दीं। दुनिया के उन मायूसकुन[1] खुर्चे हुए मंज़रों से मैं उकताने लगा। मैं जिस शै को भी खाता, मेरा जी बुरी तरह मतलाने लगता। मेरा जिगर ख़राब हो रहा था। चेहरे पर सूजन आने लगी।आहिस्ता-आहिस्ता मैं बेनाम अंदेशों की एक नाक़ाबिल-ए-तशरीह[2] ज़ंजीर से बँधता चला गया। यूँ तो ख़ुदकुशी बचपन से ही मेरा नेकर पकड़-पकड़ कर झूलती आई थी, मगर उन दिनों वो बाक़ाए 'दा मेरे कपड़ों पर ही चलने लगी। उस ने मुझसे बातें करनी शुरू' कर दीं। अक्सर वो उसी चाक़ू से ख़ुद मेरी ही गर्दन रेत देने का मश्वरा देने लगी जो मैंने बहुत एहतियात के साथ छुपा कर अपने बाप को क़त्ल करने के इरादे से रख छोड़ा है। मुझे उसका साथ ज़ियादा अच्छा लगने लगा। उसकी मौजूदगी में मुझे हमेशा एक तहफ़्फ़ुज़[3] का एहसास होता था।

गर्मियों के आख़िरी दिन थे। आख़िर एक दिन ख़ुनकी दबे पाँव आ गई, उस ने गर्मी को उस आहिस्तगी के साथ एक तरफ़ हटा दिया जैसे कोई कुर्सी के हत्थे से धूल साफ़ करता है। एक शाम जब मैं अपने बिस्तर पर लेटा ख़ाली-उज़-ज़ेहन[4] हो कर कमरे की दीवार को घूरे जा रहा था, मुझे एक बेनाम मगर हड्डीयों तक सरायत[5] कर जाने वाली दहशत ने घेर लिया। मुझे लगा जैसे कमरे में रौशन बल्ब की चमक धुँदली पड़ गई है। जैसे दीवारों से सारा रंग-ओ-रोग़न[6] खुरच के फेंक दिया गया है। खिड़की से अंदर आने वाला गली का बे-हंगम[7] शोर कुछ पुर-अस्रार[8] सी बुद-बुदाहटों में तब्दील हो गया। मैंने घबराहट और बेचैनी सी महसूस करते हुए करवट बदली तो मेरे जिस्म का साया दीवार पर कुछ इस

1 निराश करने वाले 2 व्याख्य से परे 3 सुरक्षा 4 विलीनता 5 उतरना 6 रंग 7 भद्दा 8 भेदपूर्ण

तरह काँपा कि मैं उसे देख कर दहल गया। वो साया मेरे जिस्म से अलग हो कर बदशगुनी के हौलनाक[1] इमकानात[2] की पेशनगोई[3] कर रहा था। मुझे वहम हुआ जैसे मेरे बाएँ हाथ में कंधे से लेकर कलाई तक हल्का-हल्का सा दर्द हो रहा है। ये दर्द आहिस्ता-आहिस्ता मुझे अपने दिल की जानिब रेंगता हुआ सा महसूस हुआ, जैसे कोई काला साँप कोने में दुबके हुए कमज़ोर चूहे की तरफ़ रेंगता है। दिल पर एक भारी सिल आकर टिक गई। मुझे साँस लेने में दिक्कत महसूस हुई। सर-ए-शाम ही बेवज्ह, गली में कोई कुत्ता रोने की आवाज़ निकालने लगा।

अचानक मेरी बीवी नहाकर कमरे में दाख़िल हुई। गीले बदन पर उसके कपड़े चिपक रहे थे, खुले हुए गीले बालों से पानी टपक रहा था। उस लम्हे वो मुझे एक बेहद लहीम-शहीम[4] औ 'रत नज़र आई। उसका पस्ता-क़द[5] रबर की तरह खिंच कर लम्बा हो गया था। वो बहुत चौड़ी-चौड़ी लग रही थी। उस के नंगे बाज़ुओं पर मज़बूत मर्दों जैसी सख़्त मछलियाँ उभर आई थीं। चेहरे पर एक अ 'जीब सी सख़्ती थी। शायद वो उस वक़्त एक ऐसे पत्थर में बदल चुकी थी, जो अ 'र्से से पानी में पड़े रहने के बाइ 'स अपने हजम[6] को बड़ा कर लेता है। पत्थर बड़ा हो रहा था। वो ज़ियादा सख़्त हो रहा था, अगरचे कहीं अंदर ही अंदर यक़ीनन घुल भी रहा होगा।

ये कौन औ 'रत थी? मैंने उस में अपनी बीवी के ख़द्द-ओ-ख़ाल[7] तलाश करने की कोशिश की, वो एक ऐसे जानवर से मुशाबेह[8] थी जो घास पर चलते-चलते अचानक कंक्रीट की काली सड़क पर आकर गुम हो जाता है।

मुझे अपने गोशत, अपनी खाल और हड्डीयों के अंदर ज़लज़ला सा आता महसूस हुआ। मुझे लगा जैसे मुझे दिल का दौरा पड़ने वाला हो,

---

1 भयानक 2 संभावनाएँ 3 भविष्यवाणी 4 लम्बी चौड़ी 5 छोटे क़द की 6 मोटाई 7 गाल एवं तिल 8 के जैसी

एक भयानक थकान और कमज़ोरी ने मुझे जकड़ लिया, हाथ पाँव ठंडे होने लगे, मगर दिल के पास सीने पर मसामों[1] में एक अ'जीब और न समझ में आने वाली गर्मी कुंडली मार कर बैठ गई थी। मेरा सर घूमने लगा। कमरे की दीवारें और फ़र्श किसी वीरान दोपहर के एक गर्म बगूले[2] की तरह चकरा रही थीं।

और तब वो आया। वो ठंडा और पुर-अस्रार[3] पसीना।

यही वो लम्हा था जब उस ने पहली बार मेरे जिस्म पर दस्तक दी थी और आगही[4] के दबीज़[5] अंधेरे को मेरे अंदर उंडेल कर वापस चला गया था। उस दिन से अब तक तक़रीबन रोज़ वो मेरे पास आता है। मेरी बनियान उस से भीगी रहती है, मैली बनियान से ख़ून की बू आती है।

---

1 रोमछिद्र 2 बवंडर 3 भेदपूर्ण 4 ज्ञान 5 मोटा

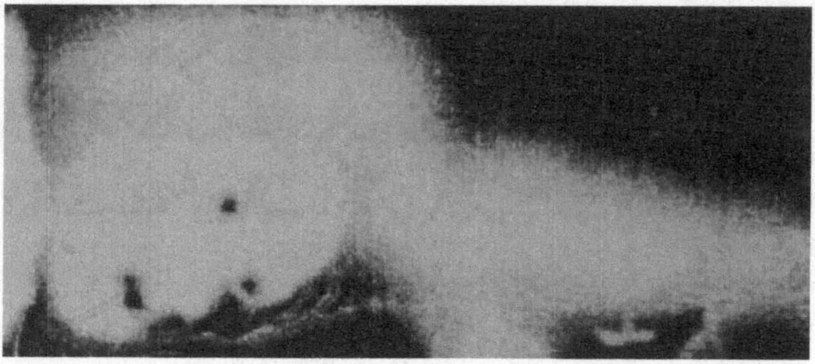

चौदहवाँ वरक़

इस ठंडे पुर-अस्रार[1] पसीने ने मेरी जिन्सी[2] ज़िन्दगी को यक्सर तब्दील करके रख दिया। इस वाक़िए' से पहले मैं बेदिली और उकताहट के साथ ही सही मगर रोज़ाना बीवी के साथ एक कामयाब मुबाशरत[3] करता था। इसका कोई वक़्त मुक़र्रर न था। जब मुझे लगता कि बीवी को इसकी ज़रूरत है तो मैं उसे वहशियों[4] की तरह भभोड़ने लगता और शहवत[5] से शराबोर[6] हो जाता।

मगर उस शाम के बा'द सब कुछ बदल गया। अब मैंने अपने अंदर एक अ'ज़ीम नामर्द के वुजूद को मुनकशिफ़[7] किया। ईस्तादा उज़्व-ए-तनासुल[8] मुझे बेहद छिछोरा, पुर-तशद्दुद[9] और लम्हाती[10] इक़्तिदार[11] रखने वाला, एक हुक्मरान[12] नज़र आने लगा। उस हुक्मरान को एक ऐसी बसीरत[13] की ज़रूरत थी जिसके बा'द उसे एक बैरागी फ़क़ीर बन कर अपने वजूद के तारीक[14] ग़ार में चले जाना चाहिए था। और अंजाम रसीदा[15] औ'रत का अन्दाम-ए-निहानी[16] मेरी देखी हुई अश्या में से शायद सबसे उदास शै थी। पेड़ से गिरी हुई एक सूखी और ख़ामोश ज़र्द पत्ति। मैं उस सूखी ज़र्द पत्ति को देखकर चुपके चुपके रोना शुरू' कर देता। जिन्सी अ'मल मेरे लिए अब एक बुरा हादिसा बन गया। मिर्गी के दौरे का शिकार एक जिस्म। सलीक़े, शाइस्तगी[17] और समझदारी से यक्सर ख़ाली। मगर अस्ल मस्अला तो उस दहशत का था जो उस मेहनत से पैदा होती थी जो मेरा बद-बख़्त जिस्म तब करता था जब मेरा उज़्व[18] कभी-कभी जिस्म के इशारों पर नाचने से इंकार

---

1 भेदपूर्ण 2 शारीरिक 3 संभोग 4 पागलों 5 कामुकटा 6 भीगना 7 रहस्य खुलना 8 लिंग 9 अत्याचारी 10 क्षणिक 11 सत्ता 12 सत्ताधीश 13 दृष्टि 14 अंधेरी 15 परिणामप्राप्त 16 योनी 17 सभ्य 18 लिंग

कर बैठता था। वो बाग़ी हो जाता था क्योंकि उसकी अपनी शख़्सियत थी, अपना मुनफ़रिद[1] किरदार। अपनी नसें, अपना लहू, अपना चेहरा और यहाँ तक कि अपना ज़ेहन भी। ये चेहरा और दिमाग़ मर्द के उस नक़ली चेहरे से यक्सर जुदा था जिसे लीप पोत कर कोट टाई के ऊपर लगा लिया जाता है।

और ऐसे वक़्त में मर्द बेचारे मर्द का जिस्म, उसका सीना उसका दिल, उसके फेफड़े और उसकी कमर की गुरियाँ, सब एक जान-लेवा मेहनत में लग कर उस दहश्त से लड़ते थे जब उसके नीचे पड़ी हुई औ'रत अभी अंजाम तक न पहुंची हो, यही वो मोहलिक[2] लम्हा होता है जब मर्द उस ताक़त का मुज़ाहिरा[3] करता है जो उसके अंदर कभी थी ही नहीं। ये एक ख़तरनाक तज़ाद[4] का मंज़र है। आ'साबी तशन्नुज[5] का शिकार हो कर वो एक मस्नूई' ताक़त का मुज़ाहिरा करता है, अपनी साँस रोक कर, अपने फेफड़ों और गुर्दों को तक़रीबन फट जाने और अपनी रीढ़ की हड्डी को तोड़ बैठने के क़रीब ले जाते हुए और अपने मुँह के थोक में शामिल ख़ून के ज़ाइक़े को महसूस करते हुए वो मौत के इंतिहाई क़रीब आ जाता है। क्या कोई ऐसे मरते हुए आदमी का चेहरा देख सका है?

और मैं तो इस ख़ाली दुनिया का मुक़ाबला भी ऐसी ही मस्नूई[6] और दिखावटी ताक़त के साथ करता आया जिसका मुज़ाहिरा कोई मर्द उस वक़्त करता है जब उसकी औ'रत उसके नीचे पड़ी-पड़ी उबल रही होती है और उसका उज़्व अचानक उसके लिए एक अजनबी जानवर बन जाता है। एक ऐसा सरकश[7] और नाफ़रमान घोड़ा जो अपने सवार को अपनी पीठ पर से गिरा कर, थोड़ी दूर जाकर अपनी पसन्द की घास पर मुँह डालते हुए बेगानगी के साथ घास चरने लगता है। जफ़ाकशी[8] की इस से अ'ज़ीम और नादिर[9] मिसाल इस दुनिया का मुक़ाबला करने के लिए भला और क्या

---

1 इकलौता 2 जानलेवा 3 प्रदर्शन 4 प्रतिकूलता 5 स्नापुओं का अकड़ना 6 दिखावटी 7 आभिमानी 8 निष्ठाहीनता 9 आद्वितीय

होगी। यही वो अ'ज़ीम नामर्दी थी जिसे मैंने अपने अंदर वाज़ेह तौर पर और शिद्दत के साथ महसूस किया। उन दिनों मुझे ठंडे पसीने, चक्कर और घबराहट ने नाक़ाबिल-ए-यक़ीन तौर पर तक़रीबन हर वक़्त अपनी गिरफ़्त में ले रखा था अगरचे ये मुझे बातिनी[1] तौर पर माला-माल करते गए। ये मुझे ज्ञान और दर्शन ही नहीं देते थे बल्कि एक सख़्त-गीर[2] गुरु की तरह मुझे मेरे गुनाह की सज़ा भी देते थे। मेरे गुनाह अंदर और बाहर हर तरफ़ थे। गुनाह मेरे जिस्म के मसामों[3] में पसीने से लत-पत भी थे और मैं जिस पर बैठता था वो गुनाहों की सूखी लकड़ियों का एक गट्ठर था। ये गट्ठर जिस ज़मीन पर पड़ा था उस में फूल नहीं खिल सकते, क्योंकि फूल जहाँ खिलते हैं वो कभी अस्ल ज़मीन नहीं होती। हम अस्ल ज़मीन पर कभी अपना क़दम नहीं रखते। अस्ल ज़मीन हमेशा हवा में लटकी रहती है। न जाने कौन से तख़्तों और बिल्लियों के सहारे। मेरा ज़मीर मुझे मलामत करता है, मेरे जिस्म पर ला'नत भेजता है मगर ज़मीर की समझ में ये क्यों नहीं आता कि कभी-कभी एक कुत्ते का पाँव भी केले के छिलके पर फिसल जाता है। अपने ठंडे पसीने की चमक और चक्कर की मुसाफ़त[4] में, मैं दुनिया के काबिल-ए-रहम और मज़हका-ख़ेज़[5] ख़ाली-पन को साफ़ देख लेता हूँ, दुनिया की दीवारें जो एक ज़लील धुएँ की बनी हुई हैं, उन दीवारों पर लटकती हुई तस्वीरें मुझे नज़र आ गई हैं और अहमक़[6] इंसानों की उन पर होती हुई दीवाना-वार[7] ख़ंजर बाज़ियाँ भी।

यही वो दिन थे जब मेरी हम-ज़ाद[8] ख़ुदकुशी ज़ियादा बातूनी होने लगी। वो हर वक़्त मेरे कान में तरह-तरह की सर-गोशियाँ करती रहती, वो मुझे लोरियाँ सुनाने की नाकाम कोशिशें करती। वो मुझे मेरे पिचके हुए सिरका एहसास दिलाती और घर के दरवाज़े के कोने में रखी एक पुरानी ज़ंग आलूद कुल्हाड़ी की तरफ़ बार-बार इशारा करती जिससे मैं इस बदनुमा

---

1 अंतरिक 2 कठोर 3 रोमछिद्रों 4 यात्रा 5 हास्यास्पद 6 मूर्ख 7 पागलों की तरह 8 स्वंय से उत्पन्न

और ज़लील सर से नजात हासिल कर सकता था। मैं ख़ुदकुशी की इस बड़बड़ को लगातार नजर अंदाज़ करता रहा मगर मैं उस से बेहद मानूस[1] भी होता चला गया। जब भी वो मुझे छोड़ कर थोड़े से वक़्फ़े[2] के लिए कहीं इधर-उधर छुप जाती तो मुझे उसकी कमी शिद्दत से महसूस होती और मैं ख़ुद को बहुत अकेला और बे-यार[3]-ओ-मददगार महसूस करता।

---

1 आदि हो जाना 2 देर 3 विराम

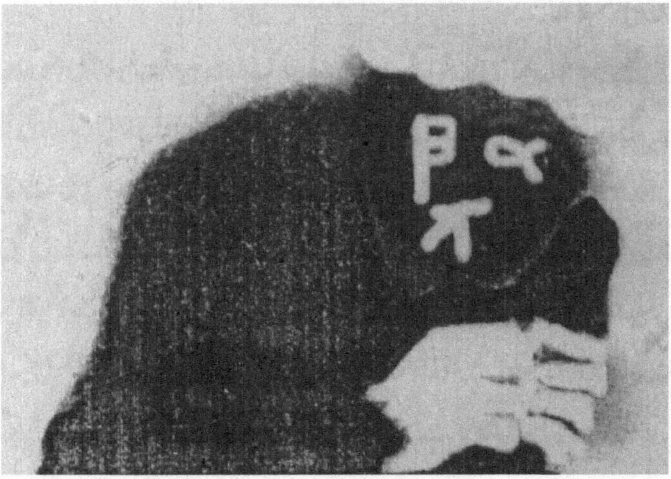

पंद्रहवाँ वरक़

एक तज्रबा-कार मुदर्रिस[1] की तरह ख़ुदकुशी मुझे जिस्म में रहने की हिमाक़तों[2] और नुक़्सानात से आगाह करने लगी। वो जिस्म की ख़ामियों और उस में मुज़्मिर[3] ख़राबियों को एक-एक करके गिनाती सारा मस्अला ही जिस्म का था।

मुझे भयानक खाँसी और नज़्ले ने जकड़ लिया। नाक से हर वक़्त ग़लीज़[3] पीली रतूबत बहने लगी। मुझे सर्दी ज़ियादा सताने लगी। सर्दी की तेज़ लहर का शिकार मेरा दिल काँपता रहा। गर्मी कहीं न थी और जो भी गर्मी थी वो मेरे ज़ोर-ज़ोर से खाँसने पर पैदा होती थी। सर्दी से चढ़े बुख़ार की गर्म हवा मुँह से बाहर निकलती थी और फेफड़ों में साँस इस अंदाज़ में तैरती थी जैसे मैं मैदान में दौड़ लगा रहा हूँ। मुझे अपने पिचके हुए सर पर-एक ऐसे ज़ख़्म का एहसास होने लगा जो आधा सूखा है और आधा भर गया है। जिस्म पर एक आधा सूखा ज़ख़्म हमेशा बहुत ख़तरनाक और पुर-अस्रार[4] होता है। ये आधा खुरंड ख़्वाब में सुनी गई गालियों की तरह होता है। ख़्वाब में उठाई जाने वाली ज़िल्लतों और ख़्वाब में सुने हुए नामों की तरह जिन पर जाग जाने के बा'द हंस दिया जाता है और उन्हें भुला दिया जाता है, मगर शायद ख़्वाब में सुने गए नाम इंसान की उम्र के आख़िरी किनारे तक उसका इंतिज़ार करते हैं, जहाँ पहुंचने पर वो सब नाम उसका हाथ थाम कर ख़ुद उसे भी ख़्वाब में सुना गया एक नाम बना देते हैं। मुझे अपनी माँ की याद हर वक़्त सताने लगी। मैं बीमारियों की ज़द में आ गया था। मैं कमज़ोर हो गया था। मेरा

---

1 अध्यापक 2 मूर्खताओं 3 निहित 4 गन्दी 5 भेदपूर्ण

वज़्न घट रहा था, मैं अपनी माँ का दूध पीना चाहता था।

' 'निकलो यार, जिस्म से बाहर निकलो।' ख़ुदकुशी ने मेरे कान में कहा। मगर मैंने अन-सुनी कर दी।

मेरे पेट में सख़्त ऐंठन रहने लगी, पानी के दो घूँट भी हलक़ से नीचे उतरते तो मुझे टॉयलेट जाने की ज़रूरत पेश आती। फिर ये हुआ कि मेरा ज़ियादा-तर वक़्त वहीं बैठने में गुज़रने लगा। ये वही टॉयलेट था, मेरे बचपन का। ये बिल्कुल नहीं बदला था। तंग-ओ-तारीक[1], ख़स्ता हाल किवाड़, ज़ंग लगा एक पाइप और पुरानी टोंटी जिसके नीचे एक लोटा रखा हुआ था। एल्यूमिनियम के उस लोटे के पेंदे में छेद थे जिनसे पानी निकल-निकल कर सीमेंट के बद-रंग फ़र्श को हमेशा गीला करता रहता था। दीवार में एक छोटा सा ताक़ था, जिसमें एक मोमबत्ती रखी रहती थी। उसके धुएं से ताक़ काला पड़ गया था। मैं चीनी की उस मकरूह पीली पड़ी हुई सीट पर उकड़ूँ बैठा रहता था जिस में कॉकरोच और च्यूँटे रेंगते फिरते थे। मेरा उस मुक़ाम से बहुत पुराना रिश्ता था, आख़िर यहीं बैठ कर ही तो मैंने उस ज़ंग आलूद[2] टपकते हुए पाइप से पाँच साल की उ'म्र में ही रोने की आवाज़ सुनी थी।

एक रोज़ जब मैं वहाँ देर तक बैठा रहा तो अचानक मेरी नज़र टॉयलेट की सीट पर पड़ गई। मुझे लगा जैसे मेरी बीवी ने अपनी लिपस्टिक से सीट को जगह-जगह से पोत डाला था। बाहर हवा चल निकली थी क्योंकि किवाड़ आहिस्ता-आहिस्ता हिलने लगे। अँधेरा सा होने लगा। दोनों वक़्त मिल रहे थे। मैंने ताक़ में रखी हुई मोमबत्ती रौशन की और लिपस्टिक को ग़ौर से देखा। नहीं वो गाढ़ा-गाढ़ा ख़ून था जो सफ़ेद पीली सीट से जगह-जगह चिपका हुआ था। मेरे पैर बुरी तरह काँपने लगे। ये ख़ून मेरी आँतों से आया था। ये ख़ून उन आँसुओं से

---

1 कम स्थान वाला एंव अंधेरा 2 जगं लगा हुआ

ता'मीर हुआ था जो पाँच साल की उ'म्र में मेरी आँखों में न आकर, उस तारीक[1] मुक़ाम पर बैठे-बैठे मेरी आँतों में उतर गए थे।

''निकलो यार, इस घटिया और ज़लील जिस्म से बाहर निकलो।'' ख़ुदकुशी ने इस बार क़दरे बुलन्द आवाज़ में कहा। एक लम्हे को मोमबत्ती थामे हुए मेरा हाथ अपने कपड़ों में आग लगाने के लिए लपका मगर फ़ौरन मुझे अपने चाक़ू का ख़याल आ गया। पहले मैं अपने बाप को तो क़त्ल कर दूं!

तो जिस्म में रहने के ये मा'नी थे।

मैंने जिस्म का ख़याल रखना बिल्कुल ही छोड़ दिया। मैं गंदा और ग़लीज़[2] रहने लगा। मेरा रंग राख की तरह स्लेटी माइल[3] हो गया। मेरे मैल भरे नाख़ुन बढ़कर दो-दो इंच के हो गए, जिनसे मैं अपने जिस्म पर ख़राशें डालने लगा। मैं अपने पीले और कीड़े लगे सड़ते हुए दाँतों से अपनी उंगलियों की पोरें काटने लगा। उंगलियों पर बद-नुमा ज़ख़्म बनने लगे, जो भरते न थे। मैं उन ज़ख़्मों पर पेशाब करने लगा। जिस्म के अंदर और बाहर, जब दोनों ही तरफ़ इतनी गंदगी थी तो पेशाब में उंगली डुबोना और दिल के लहू में उंगली डुबोना एक ही बात थी।

टॉयलेट में च्यूँटे बढ़ने लगे। मेरे पेशाब की धार गाढ़ी और सफ़ेद होती गई। मुझे शकर आ रही थी। मेरी हड्डियाँ घुल रही थीं और आँखें कमज़ोर होती जा रही थीं। जिस्म में रहने के ये मा'नी थे? मुझे तरह-तरह के अंदेशे सताने लगे। मैंने दाढ़ी बनाना तर्क कर दिया। मैं ख़ुद को और अपने जिस्म को सबकी नज़रों से छुपाना चाहता था। मैं अपनी बढ़ती हुई दाढ़ी से न सिर्फ़ अपने चेहरे को बल्कि पूरे बदन को ढक देना चाहता था। मुझे डर था कि कहीं मेरा जिस्म किसी के पेट में पहुंच कर एक दिन पेट के कीड़े की तरह फ़ज़्ले[4] में लिपटा हुआ पानी के एक

---

1 अंधेरे 2 गन्दा 3 की तरह 4 मैला

ज़बरदस्त रेले के साथ गंदी नाली में न बह जाए, इसलिए मैंने अपने नातवाँ[1] जिस्म को ग़लीज़ दाढ़ी, मैल, ग़लाज़त[2] और बदबू के अंदर एहतियात के साथ छुपा कर दिया।

डाक्टरों ने मेरी दवाएं बदल दीं। अब मैं सिर्फ़ नीले रंग की वो गोलीयाँ खाने लगा जो मेरा बाप और मेरी बीवी मिल कर बड़ी मुशक़्क़-तों[3] के साथ, ज़बरदस्ती मेरे मुँह में ठूंस देते थे। घर मेरी गंदगी, खाँसी, बलग़म, जुओं, और बदबुओं से पट कर रह गया।

ये सब मेरे गुनाह थे जो मेरे जिस्म से बाहर आकर गिर रहे थे। मैं अपने गुनाहों के बारे में कितना सोचूं? मैं जो ख़ुद शायद गुनाह की औलाद हूँ इसलिए मैं अपने गुनाहों के आसार-ए-क़दीमा[4] की तलाश करता हूँ। मैं अपने हाथों को ज़मीन खोदने के लिए कुदाल की तरह इस्ति 'माल करता हूँ। मेरे हाथ सिर्फ़ एक ख़तरनाक मिट्टी में जाकर अपनी जड़ों में उलझ कर रह जाते हैं। मैं उन जड़ों को ग़ौर से अपनी आँखों के क़रीब लाकर देखता हूँ। मेरी जड़ें एक औ 'रत की शक्ल की सी हैं। सारा तमाशा यही है इसीलिए दिल जब शहवत[5] चाहता था तो दिमाग़ रोता था। दर-अस्ल मेरे साथ एक और अलमिया[6] भी हुआ है। मैं इंसानों की ज़िन्दगी में एक ग़लत दरवाज़े से दाख़िल हुआ। ये एक वसीअ '-ओ-अ 'रीज़[7] हवेली थी, जिसके अंदर दाख़िल होने के रास्ते अलग-अलग अफ़राद[8] के लिए अलग-अलग थे। वो दरवाज़ा जहाँ से भंगी दाख़िल होता था, मेरा दरवाज़ा भी वही था। मैं एक अछूत था, और जिस तरह बा 'द में सारी दुनिया उसके लिए ख़ुद भी अछूत बन जाती है। काबिल-ए-नफ़रें[9] तो यही सब मेरे साथ भी हुआ। आख़िर क्यों न मेरी जड़ें एक घोड़े की शक्ल की हुईं या एक ख़रगोश की शक्ल की? बात तो महज़ गाँठें बनने की थी। एक मा 'मूली घुमाव या ख़म, मगर ऐसा न

1 कमज़ोर 2 गन्दगी 3 परिश्रमों 4 पुरातत्व विभाग 5 कामुकता 6 बिउम्बना 7 विशाल एवं फैलावभरा 8 व्यक्तियों 9 घृणा योग्य

हुआ। गुनाह की आवाज़ तो दुनिया में मेरी पहली आवाज़-ए-गिर्या[1] में ही शामिल थी। मेरे गुनाह ही वो जली हुई राख थे जिनसे मैंने अपने जिस्म के बरतन माँझे।

अब यही जिस्म मेरे लिए काबिल-ए-नफ़रीं था और ख़ुदकुशी मुझे उसकी दीवारें तोड़ कर बाहर निकल जाने के मुफ़ीद[2] मश्वरे देती रहती थी। ख़ुदकुशी के ऐसे कार-आमद मश्वरों के बारे में, मैं फिर फ़ुर्सत के औक़ात में सोचूँगा। अभी तो मुझे सिर्फ़ अपने गुनाहों का तज्ज़िया[3] करने से ही नजात हासिल नहीं। मैं सब मुल्तवी[4] करता हूँ। मैं मरने से पहले एक-बार फिर अपने गुनाहों के बारे में सोचता हूँ जिनका इन्दिराज[5] ख़ुदा की 'मौत की किताब' में नहीं बल्कि मेरी ज़ाती मौत की किताब में यक़ीनन किया जाने वाला है।

मेरा सबसे बड़ा जुर्म तो ये था कि मैंने मोहब्बत को हमेशा गुनाह की तरह तलफ़्फ़ुज़[6] करके पुकारा। मेरे दिल की किर्चियाँ गुनाह की रौशन लकीर पर च्यूँटियों की मानिन्द चिपक गई हैं। दुखी दिल गुनाह चाट-चाट कर खा रहा है, जैसे दीमक मकान को खा जाती है और ख़ूनी पेचिश आँतों को। दुख की नीली क़मीस गुनाहों की मेहनत और जफ़ाकशी[7] के पसीने से भीग गई है। वो मेरी पीठ पर अपना रंग छोड़ रही है। नीला धब्बा रौशनाई जैसा। एक ख़ुफ़िया खज़ाने का नक़्शा, नीले पसीने से मेरी पीठ पर हमेशा के लिए गुद गया है। उसे रगड़ कर धोया नहीं जा सकता, वो मेरी कमीनी पीठ का मुक़द्दर है। आँसू थे जो उस नीले धब्बे को धो सकते थे मगर अफ़सोस कि वो आँखों से गिरते थे और सीने पर आकर ठहर जाते थे। वो मेरी क़ामत[8] के बराबर के आँसू नहीं थे। वो पीठ पर नहीं जाते थे, पीठ पर आँखें कहाँ। पीठ पर ही उस अंजान और गुमशुदा ज़बान के हुरूफ़ लिखे थे जिसमें ये सारा

---

1 रोने की आवाज़ 2 लाभपूर्ण 3 विशलेषण 4 स्थागित 5 लिखा जाना 6 उच्चारण 7 निष्ठाहीनता 8 लम्बाई

नक़्शा पोशीदा[1] था। मेरी आँखों ने न उसे देखा न उसे धोया। उसे सिर्फ़ मेरी रीढ़ की हड्डी ने एक सर्द लहर के साथ महसूस किया। मुझे ख़ूब मा'लूम है कि एक दिन आएगा जब सारी नफ़रतें, सारी बेवफ़ाइयाँ, आवारगियाँ, शिकायतें और ठोकरें गुनाह की एक ठंडी रेत में दब कर इस मायूस-कुन[2] ख़ाली दुनिया के फ़ना होने का नौहा[3] गाएँगी, मगर एक जश्न की आवाज़ की नक़्ल करते हुए, एक पुराने ढोल की नक़्ल करते हुए ये जश्न और ये ढोल पुराने गुनाहों को रौंद कर और कुचल कर, उन्हें रेज़ा-रेज़ा करके उसी रेत से नए इंसान के नए गुनाह की ज़रख़ेज़[4] मिट्टी तशकील[5] करेंगे मगर मैं। एक हरामज़ादा, गुनाह की औलाद, ख़ौफ़नाक ठोकर से पिचका हुआ सर लिए, अपने पाएजामे के नेफ़े में उड़सा हुआ वो चाक़ू लिए-लिए भटकूँगा जिससे मुझे अपने बाप को क़त्ल करना है। मैंने अब बेहद तन-दही[6] के साथ जल्द ही ये काम पूरा कर देने का तहय्या[7] कर लिया है, मैंने मुकम्मल तय्यारी कर ली है। अपनी अब तक की गुज़ारी हुई उ'म्र और वक़्त को एक पलड़े में रख कर, दूसरे पलड़े में मैंने अपने बाप के क़त्ल के वज़्न के बाट रख दिए हैं। ये सच है कि ये बाट बहुत मकरूह[8] क़िस्म के काले रंग के हैं और धूल में अटे हुए भी, ये गंदे और फ़ुहश[9] बाट जिन पर कुंदा[10] वज़्न या मिक़दार[11] के आ'दाद[12] और हुरूफ़ कब के मिट चुके हैं। यक़ीनन ये बेईमान बाट हैं। ये मेरे मुक़द्दर, मेरे वक़्त और मेरी उसी उम्र से बहुत कम हैं जो रहम-ए-मादर[13] से ही शुरू' हो गई थी। मगर इंसाफ़ का सौदा तो अब इन ही बाटों से होना है। ये बेईमानी है और कौन जाने कि कब ईमानदारी का एक ताक़तवर ग़ैबी[14] हाथ क़त्ल के वज़्न के इन बाटों को रखने के जुर्म में मुझे जहन्नम में पहुंचा दे। मगर अब ये हो चुका है। मैंने क़तल के इन काले और बोसीदा[15] बाटों को तराज़ू के एक पलड़े में रख दिया है और दूसरे में ख़ुद बैठ गया हूँ।

---

1 निहित 2 निराश करने वाली 3 विलाप 4 उत्पादक 5 रूपकार देना 6 शीघ्रता 7 इरादा करना 8 घृणित 9 अश्लील 10 खुदे हुए 11 मात्रा 12 गिनतियाँ 13 कोख 14 अदृश्य हाथ 15 पुरानी

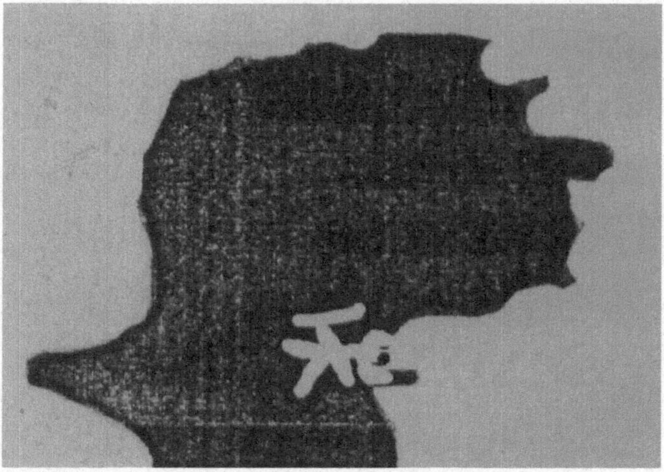

सोलहवाँ वरक़

शदीद सर्दी के दिन आ रहे हैं, ज़ख़्म से पीप की दूरी ख़त्म होती जा रही है। जल्द ही मैं एक-कद-ए-आदम ज़ख़्म के अंदर चलूँगा। मुझे साफ़ नज़र आ रहा है कि बस अब ये होने ही वाला है। पस, मवाद और ख़ून से लिथड़ा हुआ, बजबजाते हुए एक कीड़े की तरह, हाँ यक़ीनन वहाँ बहुत बदबू होगी, मगर फिर भी एक नई बदबू, आख़िर इस जनाज़े को भी कब तक संभाले रहूं जिसके बोझ से मेरे कंधे सड़ गए। बदबू तो वहाँ से भी आती है और बग़ल में गीलापन उतर आता है। बायाँ कांधा बार-बार उतर जाता है। इसलिए अच्छा ही है कि ज़ख़्म से पस की दूरी ख़त्म हुई मैंने अपने चाक़ू की धार को दिन-भर तेज़ किया है। कई रोज़ ऐसे गुज़र गए हैं कि मुझे ठंडे पसीने और चक्कर नहीं आए। आगही[1] का रास्ता कुछ कमीनी और बुग़्ज़[2] भरी दवाओं ने मस्दूद[3] कर रखा है। ख़ुदकुशी कम गो हो गई है मगर वो हर वक़्त मेरी पीठ पर इस तरह बैठी रहती है जैसे घास के मैदान में घूमते और चरते हुए किसी चौपाए पर कौवा।

मुझे लग रहा है जैसे मैं रबड़ के एक ठंडे गुब्बारे में जाकर बैठ गया हूँ। ये ठंडा गुबारा आहिस्ता-आहिस्ता ऊपर उठता है। मैं भी ऊपर उठता हूँ। ऊपर और भी ऊपर। मैं जमी हुई बर्फ़ से बने हुए एक ऊंचे, बुलन्द सफ़ेद बादल के अंदर दाख़िल हो रहा हूँ। मैं कुछ याद करने से क़ासिर[4] हूँ। मेरे दिमाग़ का सारा ख़ून कोई पी गया है, मैं बेहोश हो रहा हूँ ? नहीं मैं होश में आ रहा हूँ। मैं मुद्दतों तक नींद में चलते रहने के बा'द अब वापस आ रहा हूँ। मेरी बीवी और बाप ने मेरे हाथ पैर

---

1 ज्ञान 2 द्वेष 3 शब्द सग्रह 4 बे-थके

बाँध कर ला-ता'दाद[1] नीली गोलियाँ मेरे मुँह में ठूंस दी हैं। यही वो गोलियाँ हैं जिनको खा खा कर मैंने एक उम्र सोते हुए गुज़ार दी। मैं नींद में ही चलता रहा, नींद में ही ठोकरें खाता रहा। नींद के भबके मेरे मुँह और सर से निकल-निकल कर फ़र्श पर पड़ी हुई मेरी चप्पलों में समा गए। नींद से शल मेरे जिस्म को कभी पाख़ाने में बंद किया गया और कभी घर के उस दूर उफ़्तादा[2] चबूतरे पर उन पट्टों से बाँधा गया जहाँ कभी उन्हीं पट्टों से कुत्ते बाँधे जाते थे। मैंने नींद में उसी बर्तन में खाना खाया जो कुत्तों के रातिब के लिए था। नींद में, मैंने शोरबे में पड़ी सारी हड्डियों को चबा डाला। नींद ही में, मैंने ज़र्द हाथों वाली को देखा कि वो रो रही है और उसके बा'द उसके मुँह से अपने लिए माँ की गाली भी सुनी। मैंने माँ की इस ज़लील गाली को एक बर्तन की तरह माँझा। मैं इस बर्तन को कब तक मांझूँ? दुख के इस ज़लील बर्तन में सड़ती गलती रोटी की तरह जमी और चिपकी हुई मेरी बरसों पुरानी रूह।

बस नींद ही नींद थी। इस बे-तहाशा[3] नींद में ,मैंने अँधेरी सुनसान रातों में ख़ुदा और शैतान को अपनी-अपनी रौशनियों में, आपस में लड़ते, बह्स-ओ-मुबाहिसा[4] करते और फिर ठठ्ठे मार कर हंसते भी देखा। उसके बा'द ख़ुदा और शैतान दोनों संजीदगी के साथ मिलकर काले हुरूफ़ से मौत की किताब लिखने में मशग़ूल[5] हो गए। कोई फ़ैसला न हो सका। किस ने किस के लफ़्ज़ों में डंडी मार दी। किस ने? नींद में, मैं ये नहीं देख सका।

बहुत अ'र्से तक, शायद कई हज़ार सदियों तक नींद में इस तरह आगे बढ़ते रहने के बा'द, अब मुझे ये भी मा'लूम हो गया है कि मैं तो लगातार आगे बढ़ता गया मगर अपने पीछे एक गंदा मटियाला रास्ता

1 असंख्य 2 बेकार 3 अत्याधिक 4 बात-विचार 5 व्यस्त

भी छोड़ता गया। मैं जहाँ-जहाँ से गुज़रा वहाँ एक गदला नाला बनता चला गया। दुबारा कभी वापस आऊँगा तो उस नाले की जोंकें मेरी पिंडलियों से तमाम ख़ून चूस जाएँगी। मेरा सियाह साया-नुमा[1] बदन काली दलदलों में ग़ोता-ख़ोरी करने के लिए मजबूर होगा। दलदल के अंदर कंवल के पत्ते सड़ते हैं, मेरे जिस्म का बुख़ार अपना भँवर बना कर कीचड़ को दरिया की वुसअ'त[2] अता करता है। मैं उस काई, कीचड़ भरे पानी से सन जाऊंगा और वो तमाम मनहूस झाड़ झन्कार मेरे सिर, पेट और पीठ से चिमटे होंगे जो मेरी अपनी बे-होशी और नींद से ही पैदा हुए हैं। वापसी का सफ़र आसान न होगा।

मगर मैं वापस आ रहा हूँ, और वो काली लकीर मुझे साफ़ नज़र आ रही है, मेरे ही बद-नसीब पैरों से बनने वाली मेरे ही उजाड़ पंजों और एड़ियों से रिस्ता हुआ वो सियाह सय्याल[3]।

मैंने अपने फेफड़ों और हलक़ से पूरी ताक़त लगाकर, जिस्म के अंदर समाई हुई तमाम नींद को ' 'आख़ थू' कह कर बाहर थूक दिया है। मुझे अपने अंदर एक दीवानी क़ुव्वत का पुर-मसर्रत एहसास हुआ है। अब मुझे कोई ख़ौफ़ नहीं, कोई अंदेशा नहीं और कोई लिहाज़ नहीं। मैंने उन जोंकों को अपने ताक़तवर हाथों से मसल डाला है। मैंने सारे झाड़ झंकार को अपने मुँह से निकले एक बुख़ार के भुपके के ज़रीए हवा में दूर उड़ा दिया है। मैं ग़ैज़-ओ-ग़ज़ब से भरा हुआ हूँ। मैं एक शेर को तलाश कर रहा हूँ जिसके जबड़े पर एक वज़्नी मुक्का रसीद करके, मैं उसके सारे दाँत बाहर निकाल देना चाहता हूँ। मैं बेहद तैश में हूँ, सारी कायनात को एक काग़ज़ के ग्लोब की मानिन्द मैं उंगली पर लिए घूम रहा हूँ। इस हक़ीर ख़ुदकुशी को एक मक्खी की तरह मैं अपनी नाक पर

1 परछाईं जैसा 2 फैलाव 3 बहता हुआ

भी नहीं बैठने देता। वो बेशर्म ख़ुद ही मेरे चारों तरफ़ भिनभिनाती घूम रही है। ऐसे आ'लम में उसकी भुनभुनाहट को कौन सुनता है।

मैं वापस आ रहा हूँ, पहाड़ हथेली पर उठाए, ज़मीन पर ठोकरें मारता हुआ, रुस्तम-ए-ज़माँ की तरह, ज़मीन मेरे पैरों के नीचे बुरी तरह काँप रही है। मेरी ताक़त मुझे ख़ुद से बेगाना बना रही है। अपने आपको बेगाना बना लेने के लिए मैं सिर्फ़ बोले जा रहा हूँ। मैं एक लगातार चलने वाली बड़बड़ में बदल चुका हूँ मगर मेरी ज़बान से अदा होने वाले लफ़्ज़ सब कुछ जला कर राख कर देने वाली, आगे बढ़ती हुई आग की आवाज़ की नुमाइंदगी कर रहे हैं। शो'लों की तरह लपकता हुआ एक अ'ज़ीम ज़ख़ीरा-ए-अलफ़ाज़[1] मेरे तालू और हलक़ से बाहर आ रहा है। मैं लगातार और बे-तकान[2] बोले जा हूँ।

मेरे हाथ में वो खुला हुआ चाक़ू है जिसका फल आज बहुत चम-कदार है। मैंने अपने बाप को लात मार कर ज़मीन पर गिरा दिया है। मैं उसके सीने पर घुटने गड़ा कर चढ़ बैठा हूँ। बाप की खिचड़ी दाढ़ी काबिल-ए-रहम[3] अंदाज़ में बुरी तरह हिल रही है और आँखें ख़ौफ़ से फट गई हैं। मैं अपने इ'फ़रीती[4] हाथ में चाक़ू को कस कर पकड़ता हूँ, मैं वो हाथ ऊपर उठाता हूँ। बहुत ऊपर आस्मान तक, ताकि एक ही वार में चाक़ू मेरे बाप के सीने में पैवस्त हो जाये। न जाने कहाँ से इतना मजमा इकट्ठा हो गया है। सबने मिलकर मुझे पकड़ लिया है। बाप ज़िन्दा बच गया है मगर बे-बसी के आ'लम में वो ज़मीन पर मरते हुए आदमी की तरह एड़ियाँ रगड़ रहा है। मगर ख़ैर कोई फ़र्क़ नहीं पड़ता। मैं दुबारा वार करूँगा। मेरा चाक़ू एक ख़ौफ़नाक कड़कड़ाहट के साथ दुबारा खुलेगा

दिन और रात मेरे लिए ठहरते जा रहे हैं। कितना वक़्त इस

---

1 शब्द संग्रह 2 बे थके 3 दया योग्य 4 शैतानी

आ'लम-ए-बे-ख़ुदी[1] और अ'ज़ीम सरशारी[2] में गुज़र गया है मुझे याद नहीं बस इतना याद है कि मैं पहली बार ज़िन्दा पैदा हुआ हूँ

सख़्त सर्दी के बावजूद मुझे बेहद गर्मी लगने लगी है। मेरा सारा बदन खौलते पानी का बर्तन बन गया है जिस में मेरी हड्डियाँ उबल रही हैं। गर्मी से मेरे जिस्म पर चेचक के मवाद भरे दाने निकल आए हैं। मैंने अपने कपड़े फाड़ फेंक दिए। मुझे कोई शर्म नहीं। बेशर्म तो ये दुनिया है, मेरा बाप है, मेरी बीवी है, ज़र्द हाथों वाली लड़की है और सामने बिजली के तारों पर बैठा हुआ एक कौवा है। मैं नंगा घूम रहा हूँ, इन सब के मुँह में पेशाब करता हुआ मैंने अपने बाप पर सैंकड़ों क़ातिलाना हमले किए हैं, मेरे चाक़ू ने उसके चेहरे पर कई ख़राशें डाल दी हैं। उन ख़राशों पर उसकी आँखों से गिरते हुए आँसुओं के खारेपन ने सोज़िश[3] और दर्द में इज़ाफ़ा कर दिया है। वो चिल्ला रहा है। वो डर रहा है। वो मुझसे डर कर भाग रहा है। मैं एक ख़ौफ़नाक सैलाब की मानिन्द आगे बढ़ रहा हूँ। मैं उस मिट्टी को रौंद रहा हूँ जिसने कभी मुझे रौंदा था। मैंने एक गदले पानी के पोखर में झुक कर अभी अपना चेहरा देखा है। ये एक बब्बर शेर का चेहरा है। मुझे मुबाशरत[4] की शदीद ख़्वाहिश हुई है, मैं किसी शेरनी से मुबाशरत करना चाहता हूँ। मेरी बीवी और आस-पास की औ'रतें मुझे हक़ीर[5] चुहियों की मानिन्द ज़मीन पर रेंगती हुई नज़र आती हैं। मैं इन सारी औ'रतों को अपने वज़्नी पाँव के नीचे देर तक दबाने के बा'द मार देना चाहता हूँ, फिर उनकी चोटियों को उनकी दुमों की तरह पकड़ कर नाली में दूर फेंक देना चाहता हूँ। मेरे पेट में ब्रह्मा राक्षस आकर बैठ गया है। मेरी भूक अब ख़त्म नहीं होती,मैं हर वक़्त कुछ न कुछ खाना और निगलना चाहता हूँ। मैं खा रहा हूँ, ला-ता'दाद[6] रोटियाँ, सैंकड़ों बोटियाँ निगल रहा हूँ। बड़ी-बड़ी हड्डियाँ चबा-चबा कर और चूस-चूस कर

---

1 बेहोशी की अवस्था 2 डूबना 3 जलन 4 संभोग 5 तिरस्कार 6 असंख्य

मैंने घर और गली को पाट कर रख दिया है। मैं खाए ही जा रहा हूँ, कहीं भी, किसी भी जगह किसी भी वक़्त, मैं जमीन पर लेट कर खा रहा हूँ। मैं पाख़ाने तक में बैठ कर खा रहा हूँ। मैं सब कुछ खा जाना चाहता हूँ। इंसानों को, जानवरों को, दरख़्तों को और दीवारों और सड़कों तक को अपने बब्बर शेर जैसे मुँह में भर कर चीर फाड़ कर अपने पेट में भर लेना चाहता हूँ। मैं बेशुमार[1] गिरगिटों को हलाक कर रहा हूँ। वो टप-टप करके दरख़्तों से नीचे गिर रहे हैं। मैं उन्हें अपने पैरों से कुचल रहा हूँ। एक-एक गिरगिट को मार कर मेरे बदन में ढाई चुल्लू ख़ून बढ़ता जाता है। मैं तिल के हरे-भरे खेतों को तबाह कर रहा हूँ। मैं तिल के ऊंचे-ऊंचे ढेरों में पूरी ताक़त के साथ लौटें लगा रहा हूँ। उन पर लातें मार रहा हूँ, मेरे सारे बदन पर तिल ही तिल चिपटे हुए हैं। मेरा नंगा जिस्म उन तिलों से ढक गया। मैं काले पानी की बाढ़ हूँ, मैं आगे ही बढ़ता जा रहा हूँ। अपनी बाढ़ में, मैं सब बहाकर ले जाऊंगा। कुत्तों के रातिब[2] के बर्तन, उनके पट्टे, रस्सियाँ, बिजली के खम्बे और मेरे बाप की लाश, सब बाढ़ के पानी में बहेंगे। मकानों की बुनियादें हिल जाएँगी। पानी की दहाड़ से वो टूट-टूट कर गिरेंगे।मैं अपने इस मुहीब[3] काले पानी के साथ अब गली की नालियों और बद मोरियों में झुक रहा हूँ। मैं गिर रहा हूँ। मेरा बे-लिबास जिस्म उन नालियों में इस तरह गिरता और लुढ़कता है जैसे उसे कोई ठोकरों पर ठोकरें रसीद कर रहा हो। मगर मुझे मा'लूम है कि मेरे जिस्म पर ये जो ज़ख़्मों के निशान हैं और जिनसे ख़ून निकल रहा है, ये ख़ुद मेरी अपनी बहादुरी और बेजिगरी[4] के सुबूत हैं। अपने ऊपर ये ठोकरें और चोटें ख़ुद मेरे ही ताक़तवर हाथों और हाथी जैसे पैरों ने मारी हैं। मेरा गुस्सा बढ़ता जा रहा है। मैं जुनून की इंतिहा पर पहुंच गया हूँ। मैं चाहता हूँ कि मेरे रास्ते में कोई न आए। मेरे पीछे कोई न आए। कोई च्यूँटी मेरा तआ'क़ुब[5] न करे। कोई परिंदा मेरे सर पर न बोले,

---

1 अगणित 2 भोजन 3 भयानक 4 साहस हीनता 5 पीछा

मगर मेरे पीछे हाथों में ईंटें और पत्थर दबाए, शोर मचाते हुए गली के बच्चे चले ही आ रहे हैं। मैं सो नहीं पा रहा हूँ। मैं उस सूखे कुंएँ की मुंडेर पर जाकर बैठ गया हूँ जिसके बा'द ये गली बंद हो जाती है। मैंने कुंएँ में झाँक कर ज़ोर-ज़ोर से आवाज़ें लगाई हैं। उस सफ़ेद शलवार वाली लड़की को और उसी सफ़ेद रंग की बिल्ली को भी जिसे मुहल्ले वालों ने कुचला देकर मार दिया था और ईसी सूखे कुएँ में फेंक दिया था। अफ़सोस कि कुआँ अब घूरे से बंद हो चुका था। घूरा कुंएँ की मुंडेर तक आ पहुंचा था। मैं सो नहीं पा रहा हूँ। मेरी नींद मेरे ग़ैज़-ओ-ग़ज़ब[1] से डर गई है। इसलिए मैं सड़क के किनारे पड़े आवारा और लावारिस कुत्तों के साथ जाकर लेट गया हूँ। मैं उन कुत्तों की चौकन्नी नींद अपने जिस्म में दाख़िल करके सो जाना चाहता हूँ। बच्चों के पत्थर वहाँ भी आकर गिरते हैं। कुत्ते चीख़ कर मुझे ही भंभोड़ लेना चाहते हैं। मैं उन कुत्तों में से एक की टांगें पकड़ कर बेदर्दी के साथ चीर देता हूँ। दरिंदे की तरह।

मैंने उसे पहचान लिया है। ये कुत्ता वही कुत्ता है जो बारिश की एक अँधेरी रात में एक ख़स्ता-हाल खपरैल के नीचे बँधा हुआ था। खपरैल से गिरते हुए पानी में भीग-भीग कर ये झुर झुरझुरियाँ ले रहा था। इस कुत्ते ने, उस रात बारिश की कीचड़ में दर्द और तकलीफ़ से लोटें लगाती और पानी से भीगती उस मा'सूम लड़की की सफ़ेद शलवार में भरे ख़ून और गोश्त के चीथडों को सूँघा था। और उन पर बदनियती के साथ इस तरह झपट पड़ा था, जैसे कोई दरिन्दा अपने शिकार पर झपटता है

आज मैंने इस कुत्ते की टांगें चीर कर फेंक दी हैं।

बच्चे पत्थर लिए चले आ रहे हैं। मुझे उन कीड़ों से नफ़रत है। सब बच्चों का ही किया धरा है। ये सिवाए पैदा होने और लुत्फ़ में ख़लल[2] डालने के और कुछ नहीं जानते। मैं उन बच्चों के सरों पर अभी ज़ब-

1 प्रकोप 2 बाधा

रदस्त ठोकरें रसीद करूँगा और उनके सर पिचक कर रह जाऐंगे। बच्चों की ऐसी की तैसी, औ'रतों की ऐसी की तैसी, दुनिया की ऐसी की तैसी, मैं भागता हुआ घर में दाख़िल हुआ हूँ। मैंने घर के कबाड़ ख़ाने में मुद्दतों से ख़ाक और धूल में ख़ामोश पड़े ढोल को उठाया है और उसे ज़ोर-ज़ोर से बजाना शुरू' कर दिया है। मैंने अपने मादरज़ाद[1] ब्रहना[2] जिस्म के गले में ढोल लटका लिया है और अब गलियों-गलियों उसे पीटता फिर रहा हूँ। मुझे सिर्फ़ माँ की याद आ रही है। मैं दुबारा उसी के पेट में चला जाना चाहता हूँ। मैं सड़कों पर, नालियों में लेट कर और लोट-लोट कर ढोल बजाय जा रहा हूँ। मैं एक ताक़तवर बे-होशी के आ'लम में गा रहा हूँ। मैं कोई राग नहीं गा रहा हूँ। मैं उस राग के ज़रीए अपने आप को गा रहा हूँ, मेरी आवाज़ और मेरे गीत की दहाड़ को कौन नहीं सुनता?

मैं क़साई की दुकान में घुस गया हूँ। वहाँ पड़ी सारी हड्डियाँ अपने सिर पर मार कर उसे लहूलुहान कर रहा हूँ। ये मेरा अब कुछ बिगाड़ सकतीं। मैं कच्चे गोश्त की बोटियाँ चील कौओं को खिलाने के लिए आस्मान में उछाल रहा हूँ। मैं आस्मान की तरफ़ देख कर पुकार रहा हूँ। 'अंडे बच्चों वाली चील चलो, अंडे बच्चों वाली चील चलो। ओ।ओ। नहीं, मैं किसी को मदद के लिए नहीं पुकार रहा हूँ। मैं तो इस ख़ाली दुनिया को ललकार रहा हूँ। मैं ग़ुस्से से बिफरे हुए हाथी की तरह चिंघाड़ रहा हूँ कि वो ख़ाली दुनिया आए और मेरे साथ गाए। मेरी आवाज़ से आवाज़ मिलाए, और आस्मान में चील कौवों को पुकारे क्योंकि अगर इस दुनिया का ख़ालिक़[3] कभी कोई था तो अब दुनिया के सिर पर ठोकर मार कर कहीं और चला गया है और शयातीन[4] के साथ 'मौत की किताब' के जुमला[5] हुक़ूक़ के मसअले पर हुज्जत[6] और झगड़े में मशग़ूल है।

---

1 पैदाइशी 2 नग्न 3 निर्माता 4 शैतानों 5 कापीराइट 6 विवाद

बच्चों ने मुझे बे-तहाशा[1] पत्थर मारे हैं। मेरा सारा जिस्म ज़ख़्मों से चूर-चूर हो रहा है। मैं सड़क पर थूके जा रहा हूँ। मेरे थूक से कोलतार की काली सड़क सफ़ेद हो गई है। मैं हर आते-जाते आदमी की पीठ पर अपने दाँतों से काट रहा हूँ। मुझे इ'ल्म है कि मेरे मुँह में एक दाँत सड़ रहा है, मगर मैं ख़ुद भी तो एक देव-क़ामत[2], मगर सड़ते हुए दाँत में कीड़े की तरह लग गया हूँ। मैं रेंग रहा हूँ। अपने ज़हर से इस दाँत को बिल्कुल ही सियाह और खोखला कर देने के लिए।

पता नहीं मैंने कब से खाना नहीं खाया। सड़क किनारे भिकारियों की तरह दोनों हाथ फैलाए मैं रोटी माँग रहा हूँ। मैं बहुत भूका हूँ, मुझे बहुत भूक लगी है। एक सिम्त से हज़ारों बच्चे हाथों में पत्थर सँभाले मेरे क़रीब आते जा रहे हैं। दूसरी सिम्त[3] से गली के लोग मेरी तरफ़ ख़तरनाक इरादों से आगे बढ़ रहे हैं। मैं उस भीड़ में अपने बाप को सबसे आगे देखता हूँ। और अपने बरहना[4] जिस्म पर अपना चाक़ू टटोलने लगता हूँ मैं अपनी खाल के अंदर पोशीदा[5] उस पुराने चाक़ू को बाहर निकालना चाहता हूँ, चाक़ू नहीं मिलता। मायूस हो कर मैंने अपनी आँखों की कीचड़ को उंगली से साफ़ किया है और ऊपर आस्मान की जानिब नज़र उठाई है। वहाँ ज़र्द ग़ुबार[6] छाया हुआ है और बेशुमार चीलें उड़ रही हैं।

गली के दोनों सिरों पर, और ऊपर आस्मान पर भी मेरी नाका बंदी हो चुकी है। शाएँ-शाएँ करती हुई रस्सियाँ और छनछन करती हुई ज़ंजीरें मेरी तरफ़, मेरे क़रीब इस तरह आ रही हैं जैसे परछाइयाँ आगे बढ़ती हैं।

वो सब मिलकर मुझे घेर रहे हैं, ज़माना एक शेर-ए-बब्बर का हाँका

---

1 उसी समय 2 देवतुल्य आकार में 3 दिशा 4 नग्न 5 छुपा हुआ 6 धुंध

कर रहा है। मेरी दोनों आँखों से ख़ून बह कर मेरी दाढ़ी में जज़्ब[1] हो गया। दूर, शायद कहीं सूरज डूब गया। शाम सी लग रही है। मैं एक कटघरे में बंद ग़ुर्रा रहा हूँ। मैं कटघरे की सलाख़ों पर अपना सिर मार रहा हूँ

---

1 अवशोषित

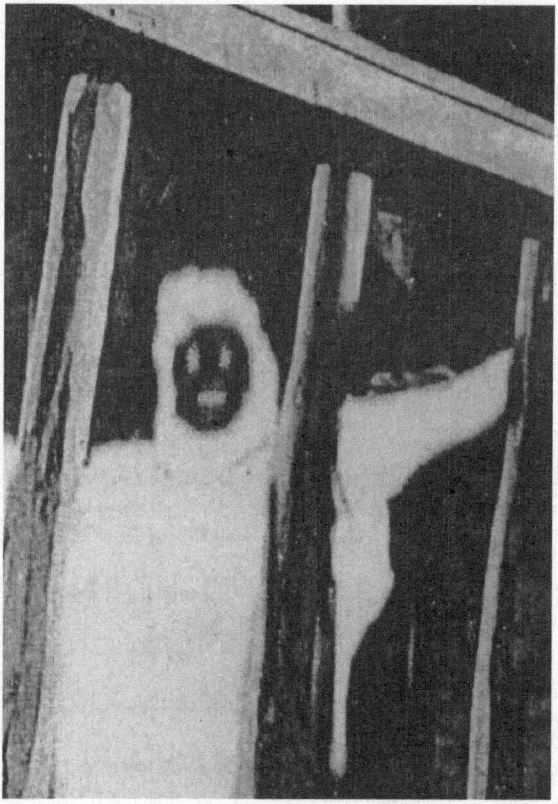

सत्रहवाँ वरक़

कटघरे में पहिए लग गए, कटघरा तंग-गलियों से निकलता हुआ, बच्चों के शोर को पीछे छोड़ता हुआ कुशादा[1] सड़कों पर निकल आया है।वो शहर से दूर एक सड़क पर से गुज़रा है। अभी कुछ देर पहले कटघरा उधर से भी होता हुआ गया था जहाँ ज़र्द हाथों वाली का सफ़ेद मकान था। जिस तरह कोई कुत्ता अपने मालिक के क़दमों की आहट दूर से पहचान लेता है, उसी तरह मैंने उसकी गाली सुन ली थी। वो मुझे माँ की गाली दे रही थी। हरामी! अपनी माँ के साथ बुरा काम करने वाला।' वो जो मेरा झूटा खाना तबर्रुक[2] समझ कर खाती थी और घर से रुख़स्त करने से पहले मेरे ऊपर सलामती की दुआएँ पढ़-पढ़ कर फूंकती थी। वो अभी-अभी मुझे कोस रही थी, मोहब्बत? मोहब्बत नाक पर रूमाल रखकर मुझसे दूर भाग रही थी। मैंने अपनी आँखों से देखा है, उस ने अपनी छत पर खड़े हो कर मेरी जानिब एक सफ़ेद नुकीली हड्डी पूरी ताक़त के साथ फेंकी है।

कटघरा अब एक कच्ची सड़क पर आकर झटके खा रहा है। मैं इन झटकों से लोहे के हिलते फ़र्श पर बार-बार गिरता हूँ। फिर उठता हूँ। मेरे बाप ने मेरी बंद मुठ्ठी को ज़बरदस्ती खोल कर सारी मूंगफलियाँ छीन ली हैं। माँ उस से लड़ रही है और ढोल बजा रही है। मेरे चारों तरफ़ ब्लैक आउट का अंधेरा छाने लगा। बोसीदा और ठंडी उस एक फ़ौजी वर्दी को एक तारीक[3] रौशन-दान से नीचे फेंक दिया गया है, अँधेरा फ़ायरों की आवाज़ से दहल उठा है। कटघरा शहर की सरहद

---

1 चौड़ी 2 प्रसाद 3 अंधेरा 4

पर आ पहुंचा है। उस ऊँचे मिट्‌टी के टीले के पास जिसके अ'क़ब[1] में लावारिस जंगली क़ैदियों की क़ब्रें हैं। टीले पर मुझे माँ दिखाई देती है। फिर ग़ायब हो जाती है। फिर नज़र आती है। फिर ग़ायब हो जाती है। माँ एक नुक़्ते में घट कर आहिस्ता-आहिस्ता मा'दूम[2] हो जाती है।

कटघरा एक काली, मुहीब[3] दीवार के पास जाकर रुकता है। दूर तक वीरानी है। घने दरख़्तों के भूत साय अपनी ही हवा में झूमे जा रहे हैं। मुझे एक भयानक झटका महसूस होता है। मैं एक-बार फिर उसी हौलनाक[4] नींद की ख़ंदक़ में गिर रहा हूँ। मैं कटघरे की सियाह सलाख़ें थामे-थामे सो गया हूँ।

---

1 पीछे 2 मांद पड़ना 3 भयानक 4 भयानक

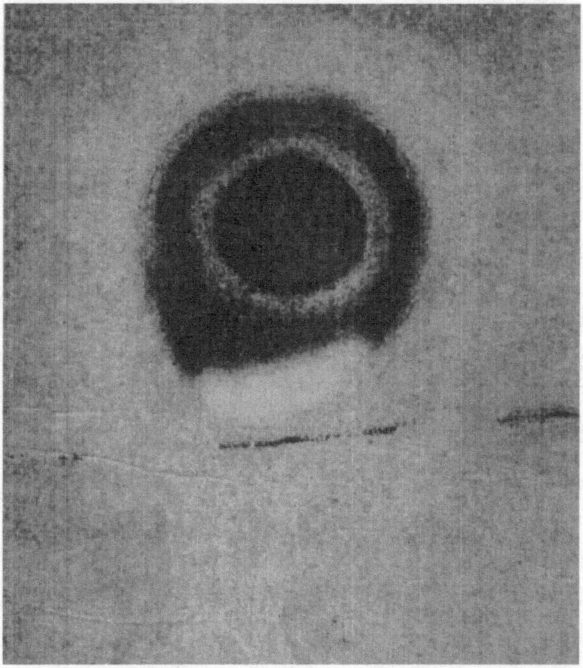

अट्ठारहवाँ वरक़

अब कोई मस्अला रह गया है तो वो बिजली की तरंग का है, मैं शायद जल्लाद की कुर्सी पर चारों हाथ पैर बँधवाकर बिठा दिया गया हूँ। मेरे सिर और कानों को एक बदनुमा कंटोप से ढक दिया गया है। ये मेरी सज़ा-ए-मौत है जिसका इंदिराज[1] किताब में कई जन्म पहले हो चुका था। 'मौत की किताब' में ख़ुर्दबीन[2] के ज़रीए मेरा नाम अब पढ़ लिया गया है, ये नाम कर्मों के उन लगातार बहते हुए संस्कारों ने गढ़ा है जिन पर ख़ुद मेरा कोई इख़्तियार न था। मेरे सारे आ'माल और सारे गुनाह मेरे जन्म लेने से पहले ही मेरे तआ'क़ुब[3] में थे।

तो आज फ़ैसले को पूरा करने का दिन है। अब भस्म हो कर, इसी कुर्सी पर कोयला बन जाना ही मेरा मुक़द्दर है। तो इस से क्या फ़र्क़ पड़ता था कि बिजली की ये तरंग सीधी लकीर में जल्लाद की कुर्सी तक आती थी या ऊपर नीचे, बराबर के ख़ुतूत बनाती और बल खाती। ये पानी से बनने वाली बिजली थी या कोयले से, जवार भाटा से या हवा से, मगर फिर भी मेरी ख़्वाहिश है कि ये हवा से बनाई गई बिजली हो तो अच्छा था।

ये बहुत शदीद[4] झटके हैं, मैं ज़ोर-ज़ोर से चीख़ रहा हूँ, मगर मेरे होंठों पर प्लास्टिक की चौड़ी पट्टी बँधी है। इन झटकों से मेरी आँतें उछल-उछल कर हलक़ में आने लगी हैं। मेरा पेशाब ख़ता[5] हो गया है। मैं एक ज़लज़ले की ज़द में आ गया हूँ। मेरी हड्डियाँ अपनी जगह छोड़ रही हैं। वो एक दूसरे से अलग हो रही हैं। मेरी आँखें हलक़ों से बाहर

---

1 लिखना 2 सूक्ष्म दर्शी 3 पीछा करना 4 तीव्र 5 निकल जाना

आ गईं। झटके, झटके ख़त्म नहीं होते, इन झटकों की अज़ियत[1] को मेरी रूह बर्दाश्त नहीं कर सकती। वो मेरे जिस्म को इस कुर्सी पर यूँही बँधा छोड़कर ख़ुद उस से निकल कर दूर भाग जाना चाहती है। मेरी रूह अब फ़रार होना चाहती है।

मुझे नहीं पता कि मैं ज़िन्दा हूँ या मर चुका हूँ। मगर अब उस कुर्सी पर नहीं हूँ। बिजली के झटके अब नहीं आ रहे हैं। शायद मेरे बाप ने मुझे मुहल्ले की गली में नसब[2] उस बिजली के लोहे के खम्बे से आज़ाद कर दिया है। मैं एक तंग-ओ-तारीक[3] कोठरी में एक बीमार और थके हुए चौपाए की तरह ज़बान बाहर निकाले पड़ा हूँ। एक कोने में चंद रोटियाँ और एक कटोरी में कोई दाल या सालन है, मगर मैं उस में मुँह नहीं डाल सकता। भूक और खाना अब मेरे लिए नहीं हैं।

कितना ज़माना गुज़र गया, मुझे कुछ नहीं पता। कभी मुद्दतों तक मेरी आँखों के सामने दिन ही निकला रहता है। और कभी सिर्फ़ तारीकी छाई रहती है। दिन-रात होने के मेरे लिए कोई मा'नी नहीं रहे हैं। फिर भी कभी-कभी मुझे ये मौहूम[4] सा एहसास ज़रूर होता है कि इन ऊँची काली दीवारों के अंदर मेरा बुढ़ापा आ पहुंचा। हर-रोज़ जल्लाद की कुर्सी पर बैठने और सज़ा-ए-मौत से लगातार दो-चार होने की मुझे आ'दत पड़ चुकी है। इन बिजली के झटकों से मैं मानूस[5] हो चला हूँ। मैं अब तड़प-तड़प कर चीख़ें नहीं मारता। मेरा ख़ून उस ज़हर का आ'दी हो चुका है, जिस तरह तवील[6] मुद्दत तक कोई ख़तरनाक नशा इस्ति'माल करने के बा'द ख़ून उसका आ'दी हो जाता है। बिजली के उन झटकों ने मेरे ख़ून की सारी गर्मी चूस ली है। जिस्म के अंदर दौड़ने वाला मेरा ख़ून बदल चुका है। दिल एक निचुड़े हुए तौलिए की तरह

1 पीड़ा 2 स्थापित 3 कम स्थान एवं अंधेरा 4 अस्पष्ट 5 आदी होना 6 लम्बी

अलगनी पर अकेला लटका हुआ-हवा में आहिस्ता-आहिस्ता काँपता और हिलता रहता है। ये एक हैबतनाक[1] मुक़ाम है। ये इ'मारत मीलों के रक़बे में फैली हुई है, काली, डरावनी और ऊँची-ऊँची दीवारों से चारों तरफ़ घिरी हुई दीवारों की मुंडेरों पर जंगली घास उग आई है। दीवारों के बाहर उसी तरफ़ कोई शाहराह[2] होगी जहाँ से हर वक़्त लारियाँ और ट्रक गुज़रते रहने की आवाज़ें आती रहती हैं। ये आवाज़ें रात में बहुत तवील[3] हो जाती हैं। उन से ख़ौफ़ महसूस होता है, यूकेलिप्टस के दरख़्त एक क़तार में अपने ऊँचे सर लिए उन दीवारों के ऊपर से अंदर झाँकते रहते हैं। मुंडेरों से दरख़्तों पर और दरख़्तों से मुंडेरों पर दिन-भर बंदर कूदते रहते हैं। और रात में आवारा बिल्लियाँ उन पर बैठ कर रोती हैं।

उस मनहूस इ'मारत में चारों तरफ़ तवील-तवील राहदारियाँ[4] नज़र आती हैं। ये तारीक राहदारियाँ जिनमें इंसानों की शक्ल के भूतों और चुड़ैलों के मस्कन[5] हैं। कभी ये सब मिल कर बेवज्ह चीख़-चीख़ कर रोते हैं और कभी इस तरह क़हक़हे लगाना शुरू' कर देते हैं कि आस्मान फट जाता है। फिर ऐसा भी होता है कि ये तंग-ओ-तारीक[6] और सीलन ज़दा कोठरियाँ और राहदारियाँ क़ब्रिस्तान की मानिन्द ख़ामोश हो जाती हैं। इक्का दुक्का जलती हुई रौशनियों में इन सब के साए आपस में गड-मड हो जाते हैं और हौलनाक[7] शबीहें[8] दीवारों पर मंडलाने लगती हैं। अक्सर ये मुहीब[9] और ख़तरनाक गलियारे नादीदा[10] क़दमों की चाप से गूंज उठते हैं। कुछ लोग हैं जो दिन रात यहाँ जैसे इन भूतों की रखवाली और चौकीदारी करते रहते हैं। थोड़े फ़ासले पर छोटे-छोटे से बद-रंग क़िस्म के और ख़स्ता-हाल क्वार्टर क़तार से बने हुए हैं। यहाँ से अक्सर किसी धुँदले लैम्प की रौशनी और एक क्वार्टर के भुरभुरा कर जलने की आवाज़ आती है। ये अफ़्सुर्दा[11] सी आवाज़

1 भयंकर 2 बड़ी सड़क 3 लम्बी 4 आवागमन संबंधी 5 घर 6 कम स्थान एवं अंधेरा 7 भ्यानक 8 छवियाँ 9 भयपूर्ण 10 जो न देखा हो 11 उदास

सन्नाटे को और भी ज़ियादा दबीज़[1] कर देती है। आधी रात को कहीं दूर लकड़ बग्धों की हंसी सुनाई देती है और न जाने कहाँ दुबक कर एक उल्लू भी अपनी पुर-अस्रार[2] और मोहलिक[3] बोली बोलता है। मगर फिर ये तमाम आवाज़ें बाहर सुनसान सड़क पर किसी गुज़रते हुए ट्रक की वहशत-ज़दा[4] आवाज़ों में दब कर रह जाती हैं। कोई दिन ऐसा भी होता है जब उन गलियारों में पतली-पतली रोटियों के ढेर लग जाते हैं और बदरंग बाल्टियों में पतली और पीली दाल भर कर रख दी जाती है। कभी तो वो सब उन पर टूट पड़ते हैं। रोटियाँ और दाल एक-दूसरे के ऊपर फेंकते हैं और कभी उन की तरफ़ अपना मुँह भी नहीं करते।

तक़रीबन हर-रोज़ उन इंसान नुमा भूतों को बे-लिबास करके बहुत बेदर्दी के साथ कोड़े से मारा जाता है। ठोकरों से उनका सिर कुचल कर रख दिया जाता है।

दीवार के उस पार से कोई उनसे मिलने या बात-चीत करने नहीं आता। इन गंदी, ग़लीज़[5] और अँधेरी कोठरियों में जो भी दाख़िल होता है वो उन्हें बुरी तरह मारने पीटने के लिए आता है। वो सब मार खाने पर-ज़ोर-ज़ोर से हंसते हैं। ठोकरों की ज़द[6] में आए हुए उनके जिस्म ज़मीन पर बे-तहाशा[7] हंसते हुए लोटें लगाते हैं फिर इस तरह ख़ामोश हो जाते हैं जैसे कफ़न में लिपटे हुए मुर्दे। ये मुर्दे काली दीवार के नीचे बने हुए सन्डासों में मुँह डाल कर बाहर झाँकते हैं जहाँ उन्हें दरख़्तों के सालख़ूर्दा[8] तनों के अलावा और कुछ नहीं नज़र आता। या शायद ट्रकों के घूमते हुए काले पहिए।

ये सब मेरे साथी हैं। मेरे दोस्त, मेरे लिए अजनबी होने के बावजूद ये मेरे जैसे ही हैं। अब मुझे यक़ीन हो गया है कि एक न एक दिन हर शख़्स को अपने जैसे लोगों के साथ जाकर मिलना ही होता है। मुक़द्दर

---

1 मोटी 2 भेदपूर्ण 3 जानलेवा 4 डरा हुआ 5 गन्दी 6 चपेट में 7 तुरन्त 8 वृद्ध

का लिखा बहर-हाल हो कर रहता है। यहाँ हर शख़्स की ख़ुदकुशी उसकी मठ्ठी में बंद है। सब अपना हम-ज़ाद[1] साथ लिए घूम रहे हैं और अक्सर उसी के कहने पर उस सिम्त[2] निकल जाते हैं, वो उन सियाह दीवारों पर चढ़ कर वहाँ से मौत की छलांग लगा देते हैं। उनकी लाशों को लेने कोई नहीं आता। चील कौवे और गिद्ध भी नहीं। वो ग़ायब हो जाती हैं। अपनी ख़ुदकुशी समेत हर मंज़र से नदारद। ऐसे वक़्त, मेरी फटी हुई जेब में बैठी ख़ुदकुशी मुझे फ़ातिहाना[3] नज़रों से देखती है। मैं उसकी नज़रों की ताब न लाकर ख़ुद ही ख़ामोशी के साथ जल्लाद की कुर्सी पर जाकर बैठ जाता हूँ। उस कुर्सी पर बैठ कर मैं ने सारे ए'तिराफ़ात[4] कर लिए हैं। अपने सारे गुनाह क़ुबूल कर लिए हैं। ये मेरी ए'तिराफ़ात-ए-जुर्म वाली कुर्सी है और अब मैं अपनी सज़ा पाने के लिए जल्लाद के लहराते हुए कोड़े के अंदर जा रहा हूँ। बिजली के झटकों के बा'द अब मुझे नींद आ रही है। ये नींद वो नहीं जो अंदर से पैदा हुई है। ये बाहर से दाख़िल हुई है। ये नींद बे-होशी का एक ज़लील और फ़ुहश[5] इंजेक्शन है या क्लोरोफ़ार्म में डूबा एक कीनापरवर[6] गंदा रूमाल।

अब मैं ख़ामोश कुर्सी से उठ कर लड़खड़ाता हुआ अपनी कोठरी की तरफ़ बढ़ रहा हूँ। मेरे सिर पर नींद का भारी ज़ंग आलूद[7] संदूक़ है जिसके पेंदे में लगी हुई कीलें मेरे सिर के उस हिस्से पर चुभती हैं जहाँ मेरी याद-दाश्त दफ़्न है। मैं नींद में पेशाब कर रहा हूँ। नींद में किया गया पेशाब ख़्वाब में किए गए पेशाब की तरह होता है। उस पेशाब के साथ-साथ नींद की खरान्द भी अंधेरे फ़र्श पर फैलती जाती है। मेरे ख़्वाब भी हमेशा इसी क़िस्म के रहे, वो ज़ियादा-तर वीरान मकानों के क़दमचों[8] से हो कर गुज़रे।

बिजली के इन झटकों को तवातुर[9] के साथ सहने के बा'द उन

---

1 स्वंय से उत्पन्न 2 दिशा 3 विजयी 4 मान लेना 5 अशलील 6 द्वेषपूर्ण 7 जंग लगी हुई 8 दहलीजों 9 लगातार

दिनों मैं बिल्कुल ख़ामोश हो गया हूँ। ख़ामोशी का वो बीज जिसे में काफ़ी अ'र्से से अपने अंदर पड़ा हुआ महसूस करता था, वो अब एक घना दरख़्त बन गया है। मुझे ऐसा महसूस होता है जैसे मैं किसी अजनबी सय्यारे[1] की मिट्टी को छू कर वापस आया हूँ। इसलिए अब मैं गूँगा हो चुका हूँ। मेरे मुँह में मेरी ज़बान सूख कर इतनी छोटी हो गई है कि मैं उस से अपने फटे हुए ख़ुश्क होंठ भी तर नहीं कर सकता। मेरे जबड़े, मेरा तालू और मेरा हलक़ मुंजमिद[2] हो गए हैं। यहाँ से कोई लफ़्ज़ नहीं फूटता। कोई आवाज़ नहीं पैदा होती। खंकारने तक की नहीं। एक भयानक सन्नाटा मेरी आँतों और सीने और गले में आ कर बैठ गया है। मगर ख़ामोशी मुझ पर अपने अस्रार[3] मुन्कशिफ़[4] कर रही है। ये ख़ामोशी काग़ज़ पर लिखी हुई एक मौसीक़ी की मानिन्द है। काग़ज़ पर लिखी हुई मौसीक़ी के क्या मा'नी हैं? उसे तो मेरे सर से निकल कर हवा में नश्र[5] होना चाहिए था। या मेरे जूतों के तले से पाताल में। मगर काग़ज़ पर लिखी हुई इस ख़ामोश सिम्फ़नी ने मेरी पुश्त[6] पर मेरे हाफ़िज़े[7] का बेचा जैसा चेहरा चस्पाँ कर दिया है। मुझे अपने दिल पर किसी दूर आबाद जज़ीरे[8] की कटती हुई मिट्टी गिरती हुई महसूस हुई है। मुझे वाज़ेह[9] तौर पर ये एहसास हो रहा है कि आज शायद सारी उ'म्र गुज़र जाने के बा'द मेरा वो ज़ेर-ए-आब[10] जज़ीरा आहिस्ता-आहिस्ता उभर कर ऊपर आ रहा है। मुझे एक बहुत पुरानी नींद आने लगी। बच्चों जैसी नींद में सहम गया हूँ। एक सीली हुई गंदी चादर में, मैंने अपना मुँह ढाँप लिया है। मैं फ़र्श पर नींद से बेक़ाबू हो कर गिर पड़ा हूँ। मैं सो रहा हूँ। मेरी आँख में रौशनी आ रही है। दीवार है और दीवार में एक दरार है। दरार से एक मैली सी रौशनी निकल रही है जो कूड़ा जलाती हुई आग से पैदा होती है। लगता है दूर आस्मानों में कहीं सूरज को ग्रहन लग रहा है। हर रौशनी में एक काली छाया मौजूद रहती है। सूरज ग्रहन के ख़तरनाक वक़्त पर सूरज का वो हिस्सा जिस पर ग्रहन नहीं लगता

---

1 ग्रहों 2 जम जाना 3 भेद 4 रहस्य खुलना 5 प्रसारित 6 पीठ 7 स्मृति 8 द्वीपों 9 स्पष्ट 10 पानी के अन्दर

और जो रौशन रहता है, वो हिस्सा शायद उस उदास और बद-नसीब हिस्से से ज़ियादा ख़तरनाक हो जाता है जिस पर अँधेरा छा गया है। इंसान अगर नंगी आँख से इस आधे रौशन सूरज को देख ले तो अँधा हो जाए। क्योंकि उसकी आँख में वो काली छाया हमेशा के लिए आ कर बैठ जाती है। ये काली छाया सूरज के उस हिस्से के ठीक बराबर की होती है जिस पर ग्रहन नहीं लगा। मैं अपनी रौशन आँख में उस काली छाया को साफ़ देख रहा हूँ। ज़मीन के नीचे तन्हा पानी की तरह कोई है जो मुझ तक पहुंच रहा है।

मेरा बाप मेरी माँ को ज़बरदस्ती पकड़ कर बिस्तर की तरफ़ खींच रहा है। 'नहीं, नहीं अब नहीं।' माँ की आवाज़ में घबराहट है, मगर बाप ने उसे बिस्तर पर गिरा दिया है।

'नहीं, ये मत करो, अब ये नहीं हो सकता। माँ की काँपती हुई आवाज़ आती है। बाप उस पर एक कद-ए-आदम ख़ंजर की परछाईं बन कर झुका। ख़ंजर माँ के सारे कपड़े एक सफ़्फ़ाक[1] आवाज़ के साथ चीरता हुआ उसे बे-लिबास कर रहा है। माँ का पेट बहुत ख़ूबसूरत और पाकीज़ा अंदाज़ में फूला हुआ है। वो हर तरफ़ से गोल-गोल हो रही है। उस के जिस्म में कहीं किसी हड्डी का नाम-ओ-निशान भी नज़र नहीं आता। उसके गोल, भारी और ख़ूबसूरत जिस्म से दूध की ख़ुशबू उठ रही है।

'न....नहीं, ख़ुदा के लिए, अपने बच्चे का ख़्याल करो। आठवाँ महीना चल रहा है। नहीं ये गुनाह है, गुनाह है, गुनाह। किसी वज़्नी मलबे के नीचे से माँ की दबी कुचली आवाज़ निकलती है।

मेरे चारों तरफ़ फैले मेहरबान और शाँत अंधेरे में कुछ पुर-अस्रार[2] सी हलचल पैदा हुई। मेरे सिर के क़रीब अँधेरे का एक टुकड़ा ज़लज़ले की ज़द में आ गया है। अँधेरा बुरी तरह हिल रहा है। अँधेरा अपनी बुनियादें छोड़ रहा है। मैं एक नाक़ाबिल-ए-फ़हम[3] बेचैनी से दो-चार

1 अत्याचारी 2 भेदपूर्ण 3 समझ से परे

हूँ। मैं कौन हूँ? मैं कहाँ हूँ? अ'दम[1] और कायनात के दरमियान, अपने वक़्त से बहुत पहले ही मैं अपने शऊ'र[2] के बहाव में एक अज़ीयतनाक[3] इज़ाफ़ा महसूस करता हूँ। मेरे सोते हुए हवास-ए-ख़मसा[4] अचानक किसी तकलीफ़ से जाग गए हैं। मैं हिलते हुए उस अँधेरे में अपने सिर पर मुर्दा मछलियों की सी सड़ाँध महसूस करता हूँ। मेरा जी बुरी तरह घबराने और मतलाने लगता है। मैं ख़ुद को बर्फ़ के एक ख़ामोश तौलिए में लिपटा हुआ महसूस करता हूँ।

और तब यकायक मेरे कमज़ोर सिर पर एक वज़्नी, भयानक, सियाह और फ़ुहश[5] ठोकर पड़ती है। मैं नाक़ाबिल-ए-बर्दाश्त[6] दर्द का शिकार हो कर अँधेरे में फूट-फूट कर रोने लगा हूँ। मेरा पूरा सिर कीचड़, ख़ून और माद्दा मनवियह[7] से गीला हो गया। बदबू और तकलीफ़ की शिद्दत से मैं सकते में आ गया हूँ। मुझे चक्कर आ रहे हैं, मगर उस धमक के सदमे से मैं हिल डुल भी नहीं सकता। अब तो मैं रो भी नहीं सकता। मैं रो नहीं पा रहा हूँ। अपना होश खो रहा हूँ। मैं मर रहा हूँ, नहीं मैं यहीं इसी अँधे मुक़ाम से होश सँभाल रहा हूँ। अपनी हम-ज़ाद[8] ख़ुदकुशी को मैंने अँधेरे की इस दीवार से दरयाफ़्त[9] किया। और इसी लम्हे से उसे अपने शऊ'र[10] में शामिल किया। अब मैं वाक़ई' मर जाना चाहता हूँ। मैं इस मेहरबान तारीक[11] जन्नत में दम तोड़ देना चाहता हूँ। मुझे सख़्त पसीना आ रहा है। ख़ून से लिथड़ा हुआ पसीना, ख़ून की बू मेरे पसीने के एक-एक क़तरे में शामिल हो गई है। मैं जीने का इरादा तर्क कर रहा हूँ। मैं अपनी सदियों पुरानी नाआसूदा[12] ख़्वाहिशात का दामन छोड़ना चाहता हूँ जिनकी वज्ह से मुझे इस अँधेरे में आना पड़ा। मगर अब मैं इस से बाहर नहीं जाना चाहता। मैं वापस अ'दम[13] में लौट जाना चाहता हूँ। एक काली छाया मेरी आँख के अंदर आकर बैठ जाती है। मैंने 'मौत की किताब' में शामिल करने के लिए ख़ुदा और शैतान दोनों को अपने सवानही[14] कवाइफ़[15] सौंप दिए।

1 शून्य 2 चेतना 3 पीड़ादायक 4 पंचतत्व 5 अशलील 6 सहन करने योग्य 7 मनी संबंधी 8 स्वंय से उत्पन्न 9 पूछना 10 चेतना 11 अंधेरी 12 उदासी 13 परलोक 14 जीवनी संबंधी 15 विवरण

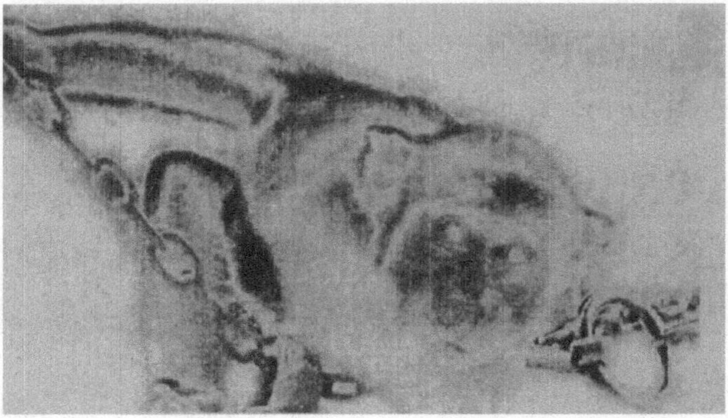

उन्नीसवाँ वरक़

रौशनी से आलूदा[1] कीचड़ अपनी आँखों से साफ़ करते हुए मैंने चादर जिस्म से अलग कर दी है। दिन निकल आया है मगर हल्की-हल्की बारिश हो रही है। मैं नींद में थूकते हुए उठ कर खड़ा हो गया हूँ। गलियारों और कोठरियों के मुहाफ़िज़ मेरे पास आए हैं। उनके ग़ैर इंसानी चेहरों पर मुस्कुराहटें हैं। अ'जीब मुस्कुराहटें जो इस से पहले मैंने नहीं देखीं। वो मुझे एक ऐसी ज़बान में कुछ बता रहे हैं जो शायद मैंने सदियों बा'द सुनी है। वो मुझे धमकी आमेज़ लेहजे में मुत्तलाअ'[2] कर रहे हैं कि कल रात मेरा बाप मर गया है। अब वो मुझे अपने पीछे चलने का हुक्म दे रहे हैं, मैं जल्लाद के पीछे-पीछे चल रहा हूँ। क्या मुझे झूलते हुए रस्सी के फंदे की तरफ़ ले जाया जा रहा है? उन सब के वज़्नी बूट मेरे आगे मार्च कर रहे हैं। मैं रात भर जागा हूँ। अभी तो नींद आई थी कि रुख़्सत का वक़्त आ पहुँचा। मैं एक बार फिर सुब्ह की नींद के ख़िलाफ़ चल रहा हूँ। अपने शल[3] हाथ पैरों से मैं नींद के ख़िलाफ़ एक बयानिया[4] फिर लिख रहा हूँ। आज सारे ए'तिराफ़ात[5] और चश्मदीद गवाह पूरे हो गए।

मगर नहीं वो सदर[6] दरवाज़े की तरफ़ जा रहे हैं। वो मुझे ये ख़ुश-ख़बरी दे रहे हैं कि मैं अब बिल्कुल आज़ाद हूँ। वो मुझे सदर दरवाज़े तक अल-विदा' कहने के लिए आए हैं। मैंने पीछे मुड़ कर उन तारीक[7] गलियारों और कोठरियों को देखा, बारिश की धुंद में वो मुझे साफ़ नज़र नहीं आतीं। गूँजने वाले वो वहशी[8] क़हक़हे[9] रुक गए हैं।

---

1 सना हुआ 2 सूचित 3 घायल 4 कथावर्णन 5 मान लेना 6 मुख्य 7 अंधकारमय 8 पागल 9 ठहाके

चुड़ैलें और भूत मुझे अपनी सूनी और उदास आँखों से एक टुक देखे जा रहे हैं। मैं शर्मिंदा हूँ, मैं उनकी आँखों का सामना नहीं कर सकता। मैं उनकी जानिब से पीठ कर लेता हूँ। मैं अपने लोगों को छोड़कर जा रहा हूँ। अपने दोस्तों, अपने भाइयों को उन्हीं अँधेरी राहदारियों[1] में हंटर की शाएँ-शाएँ और भुरभुरा कर जलते हुए स्टोव की आवाज़ों में अपने-अपने ज़ेर-ए-आब[2] जज़ीरों[3] की तलाश में भटकता हुआ छोड़कर मैं इस इ'मारत के एक लंबे चौड़े से दरवाज़े से बाहर निकल रहा हूँ। काली दीवार की मुंडेर से एक भीगता हुआ बंदर कूद कर अचानक मेरे सामने आ जाता है और अपनी सुर्ख़-सुर्ख़ आँखों से मुझे घूरने लगता है। मैं दरवाज़े से बाहर सड़क पर हूँ। मुझे लेने कोई नहीं आया है। न ही उन्होंने मुझे किसी के सुपुर्द किया है। मैं ख़ुद अपने आपको सुपुर्द हूँ। मगर वो भागती हुई आ रही है। वो आठ नौ साल की एक बच्ची इ'मारत के अंदर से आई है। उसकी फ़्राक कीचड़ से तर है। मुहाफ़िज़ उसे धक्का देकर अंदर करते हैं। मगर वो मुझे अल-विदा' कहने आई है। उस ने मुहाफ़िज़ों और जल्लादों का घेरा तोड़ कर मुझे चूम लिया। उसके होंठ जले हुए फूलों जैसे हैं। शायद उस ने मुझे बाबा कह कर पुकारा है। मुझे मा'लूम है कि वो कोई नहीं है। वो मेरे ही इस चोट खाए सिर से पैदा हुई है। मेरे सिर में वो न जाने कब से जनीन की तरह रहती है। मेरे दिमाग़ का लहू पी कर और मेरे दिमाग़ की हड्डियों को चूस कर उसकी परवरिश हुई और अब वो एक ख़्वाब की तरह बाहर आई है। ये ख़्वाब इस इ'मारत के अंदर क़ैद है, जिससे निकल कर मैं बाहर आया हूँ।

बारिश हो रही है। लम्बी और सुनसान सड़क भीगी पड़ी है। एक दम से शाम कैसे हो गई। अभी तो दिन था मगर अब दोनों वक़्त मिलने

---

1 आवागमन संबंधी 2 पानी में 3 द्वीपों 4

का अफ़्सुर्दा[1] मंज़र बारिश में भी नुमायाँ है। सामने बिजली के झूलते हुए तारों पर एक कौवा ख़ामोशी से बैठा भीग रहा है। बाँस और लकड़ी के शहतीरों से लदा हुआ एक ट्रक बारिश से तर, काली सड़क पर तेज़ी से छींटे उड़ाता हुआ गुज़र गया। मेरे अ'क़्ब[2] में एक उदास और भारी आवाज़ के साथ सद्र[3] दरवाज़ा बंद हो जाता है। मैं सड़क पार करके सामने आ गया हूँ। सड़क के दूसरे किनारे पर खड़े हो कर उस काली चहार दीवारी को देखता हूँ जो बारिश में भीगती हुई हद-ए-नज़र[4] तक फैली है। उस पर उग आई जंगली घास हवा में आहिस्ता-आहिस्ता हिल रही है।

मैंने इस उदास इ'मारत के दरवाज़े पर नस्ब[5] बोर्ड को ग़ौर से पढ़ा है। ये एक दर्सगाह[6] है। अ'ज़ीमतरीन[7] दर्सगाह। मैं अब इन काली सूनी दीवारों को तशक्कुर[8] आमेज़ निगाहों से देखता हूँ। इस ख़ाली कुर्रा-ए-अर्ज़[9] पर मौजूद आख़िर-कार ये वो वाहिद जगह है जिसने मुझे मेरे खोए हुए ज़ेर-ए-आब[10] जज़ीरे[11] तक पहुंचा दिया है। मेरे हाफ़िज़े[12] को बहुत गहराई में ले जाकर ग़र्क़-ए-आब[13] कर दिया है। इस दर्सगाह के अंदर सारे तालिब-इ'ल्म दुनिया के सबसे होशमन्द और इरफ़ान-ओ-आगही[14] से मालामाल इंसान हैं। इसीलिए वो उन तंग-ओ-तारीक[15] कमरों और सुनसान गलियारों में हंसते और रोते फिरते हैं। इस दर्सगाह ही ने मुझ पर ये अस्रार[16] अ'याँ किया है कि ख़ुदा और शैतान 'मौत की किताब' पर झुके हुए आख़िर किस बात से नबर्द-आज़मा[17] थे? अब पता चला है कि वो किताब के 'हुक़ूक़[18]' का मस्अला न था, बल्कि एक रात जब ख़ुदा सो रहा था और अपने ख़्वाबों में उन बच्चों को देख कर मुस्कुरा रहा था जो अपनी-अपनी माओं के पेट में ख़ुशी से किलकारियाँ मार रहे

---

1 उदास 2 पीछे 3 मुख्य 4 दृष्टि की सीमा तक 5 स्थापित 6 संस्थान 7 महानतम 8 धन्यवाद कहती हुई 9 भू-भाग 10 पानी के अन्दर 11 द्वीप 12 स्मृति 13 पानी में डूबोना 14 ज्ञान एवं दर्शन 15 कमस्थान एवं अंधेरे 16 भेद 17 झगड़े पर उतारू 18 अधिकारों

थे तो शैतान ने चुपके से 'मौत के मा'नी बदल दिए थे। ख़ुदा की किताब में 'मौत के ये तसव्वुर-ओ-मा'नी[1] नहीं थे। शैतान ने किसी और लफ़्ज़ की जगह 'मौत लिख दिया। ये लफ़्ज़ 'जिन्दगी था। मगर अब ख़ुदा काबिल-ए-रहम[2] हद तक मजबूर था। शैतान के क़लम की सियाही उड़ने वाली सियाही न थी। सो उन दोनों का अज़ल[3] से झगड़ा चला आ रहा है मगर वो आपस में हँसते बोलते भी हैं और वज़अ'-दारी[4] का मुज़ाहिरा[5] करते हैं ताहम इंसान ग़लत-फ़हमियों और ख़ुश-फ़हमियों के एक तवील[6] सिलसिले से मुंसलिक[7] है, जिसका नाम ये दुनिया है।

मगर ये दर्सगाह[8] एक मुतवाज़ी[9] दुनिया है। ख़ुदा और शैतान की बनाई हुई दुनिया से यकसर मुख़्तलिफ़[10] और अस्ल होशमन्द इंसानों की दुनिया। ये वो दुनिया नहीं जहाँ कोई चुपके से इंसान के हाथ में एक ख़ंजर थमाकर चला गया है ताकि उसका मुक़द्दर कभी ख़त्म न होने वाली एक सई' रायगाँ[11] में बदल कर रह जाये और वो तमाम उ'म्र तस्वीरों पर ख़ंजर बाज़ी करता रहे। सारी अश्या[12] और सारे इंसान भी महज़ तस्वीरें हैं क्योंकि वो न तो मुकम्मल तौर पर हक़ीक़ी हैं और न ही ग़ैर हक़ीक़ी। वो सब एक दूसरे पर मबनी[13] हैं। उनका कोई मुतलक़[14] और ख़ुद मुकतफ़ी[15] वजूद नहीं

इसलिए अब उस काली और मेहरबान चहारदीवारी से बाहर आ जाने के बा'द मैं जिस दुनिया में हूँ, वो बेहोश इंसानों की एक लायानी[16] जगह का नाम है। उन्हें होश में लाने के लिए किसी पैग़ाम, किसी तब्लीग़[17] या किसी ना'रे की ज़रूरत नहीं बस रहम-ए-मादर[18] पर एक वज़्नी ठोकर ही काफ़ी है।

---

1 विचार एवं अर्थ 2 दया योग्य 3 आदिकाल से 4 उदारता 5 प्रदर्शन 6 लम्बा 7 संबंध 8 बराबर-बराबर 9 संस्थान 10 विभिन्न 11 व्यर्थ का प्रयत्न 12 चीजें 13 आधारित 14 आज़ाद 15 स्वंय में पूर्ण 16 बेहूदा 17 प्रचार 18 कोख

बारिश हल्की हुई है, मगर अँधेरा फैलने लगा है। मैं अब कहाँ जाऊंगा? मैं दुबारा उन डरावने रास्तों से नहीं गुज़रना चाहता। उन सड़कों पर नहीं चलना चाहता जो यहाँ से सिर्फ़ वापस लौटने के लिए बनी हैं। मैं अपने माज़ी के बारे में भी क्या सोचूँ? माज़ी तो मुर्दा लोगों की हिमाक़त[1] भरी उम्मीद है जिसे मौत ने छीन लिया और अपनी काली जिल्द वाली किताब में दर्ज कर लिया। तो मुझे अब इसका कोई अफ़सोस नहीं कि मैंने नजासत[2] और गुनाहों को एक गीत की तरह गाया था। ये क्या कम था कि कम अज़ कम मैंने एक गीत तो गाया। हर शै, हर जज़्बा और हर इंसान मेरे सामने एक पैकर बन कर आया। नफ़रत, मोहब्बत, गाली, ज़िल्लत, आँसू, मुक्का और दुख सबने मिलकर बरगद के एक घने पेड़ के साए में आकर दीवाना-वार[3] रक़्स[4] किया। शहवत[5], फ़ुहाशी[6] और ख़्वाहिश के सुर और ताल पर मैं मरने को आया मगर मैंने शैतान के फ़रेब और साज़िश और ख़ुदा के तसाहुल[7] की नज़्रशुदा[8] 'मौत की किताब' को खोल कर भी नहीं देखा। बरगद के तने से फूटते हुए मेरे ख़ून को क्या 'बुद्ध' अपनी भिक्षा के लिए स्वीकार करेंगे।

अच्छा है कि बर्र-ए-आ'ज़मों[9] या ज़मीनों में नई-नई दरारें बन रही हैं। ज़मीन के अंदर से निकलने वाले लावे का ये फ़र्ज़ है कि अब वो जल्द ही एक नया समुन्दर बन कर ज़मीन के एक और बड़े, बे-हिस और बहरे हिस्से को बहा कर ले जाए। ऐसी घाटियों और दराड़ों का ये फ़र्ज़ है कि वो लाल सागर से जा मिलें। कम अज़ कम वो इंसान के शहवत भरे ख़ून के समुन्दर से कम वहशी, कम बदबूदार और कम झाग उंडेलने वाला होगा।

बारिश तेज़ होने लगी। मैं इस बारिश में भीगते हुए, अपने चिथड़े-चिथड़े हो कर झूलते हुए लिबास के साथ कच्ची ज़मीन पर आ गया

---

1 मूर्खतापूर्ण 2 गन्दगी 3 पागलों की तरह 4 नृत्य 5 कामुकता 6 अशलीलता 7 आलस्य 8 आपिर्त किया हुआ
9 महाद्वीपों

हूँ। मेरे फटे हुए जूतों में पानी भरने लगा। यहाँ एक छोटा सा गढ्ढा है, जिसमें इस वक़्त पानी भरा हुआ है। मैं अपने लिए इस बेहतरीन जगह का इंतिख़ाब[1] करता हूँ। यहाँ से ये दर्सगाह[2] मुझे हमेशा नज़र आती रहेगी। वो काली चहार दीवारी, वो लकड़ी का बड़ा सा अकेला और ऊँचा सद्र[3] दरवाज़ा। एक दर्सगाह के सामने बैठ जाना कम अज़ कम किसी ख़ानक़ाह[4] या दरगाह के सामने बैठ जाने से बेहतर है।

ख़ुदकुशी,मेरी हम-ज़ाद[5], मेरा अनोखा और नादिर[6] ख़्याल जिसे मैंने ख़ुद दरयाफ़्त किया है, मेरे साथ है। हर शख़्स को अपना हम-ज़ाद दरयाफ़्त[6] करना चाहिए और उसे अपने बस में कर लेना चाहिए। मेरा हम-ज़ाद अब मेरे बस में है। वो मेरे ताबे' है। मैंने ख़ुदकुशी को अपने फटे हुए जूते में रख लिया है। वक़्त पर मेरा हुक्म बजा लाने वाले एक आख़िरी हथियार की तरह। मैं अपने हम-ज़ाद का आक़ा हूँ। मेरा जूता ही मेरे हम-ज़ाद का मस्कन[7] है।

मैं पानी से भरे हुए उस छोटे से गढ्ढे में उकड़ूँ बैठ गया हूँ जहाँ से तमाम उ'म्र मैं इस अ'ज़ीम[8] दर्सगाह को देखता रहूँगा। मैं यहाँ से नहीं उठूँगा। रात फैल गई है। बारिश की टिप टिप जारी है, मगर मैं एक-दूसरे पानी की आवाज़ भी सुन रहा हूँ। ये बारिश का पानी नहीं है। ये दूर कहीं बहुत दूर से छोड़ा जा रहा है। मुझे मा'लूम है कि मैं ग़र्क़ाब[9] हो जाऊँगा। मगर इससे पहले मैं एक दरख़्त बनूँगा और फिर सूख कर अपनी जड़ों में बदल जाऊँगा। तब दर्सगाह से वो बाहर आएगी। मेरे दिमाग़ की कोख में पलने वाली मेरी बेटी, वो अपने हाथों को कुदाल बना कर इस गड्ढे की मिट्टी में हाथ डालेगी। मेरी जड़ें उसके हाथों में फँस जाएँगी। ये जड़ें इस बार रहम-ए-मादर[10] की शक्ल की होंगी जिसमें

---

1 चयन 2 संस्थान 3 मुख्य 4 सूफ़ियों की इबादत की जगह 5 स्वंय से उत्पन्न 6 खोज 7 घर 8 महान 9 डूबा हुआ 10 कोख

मेरी बेटी को दाख़िल होने के लिए किसी बेरहम माद्दा मनवियह[1] की कमीनी बूँद की ज़रूरत नहीं पड़ेगी। और मौत की किताब में उसका नाम कभी दर्ज नहीं किया जा सकेगा।

रात बढ़ रही है। रात ख़त्म होगी। फिर रात होगी। ख़ाली ज़मीन के पास सिवाए गर्दिश करते रहने के और काम क्या है। मगर मैं अपने इस आख़िरी मस्कन को छोड़कर अब कहीं नहीं जाऊंगा। पानी का शोर बढ़ रहा है। मेरे सिर पर किसी दरख़्त का साया भी नहीं है। मगर मुझे कोई पर्वा नहीं। हवा अचानक बहुत तेज़ हो गई है। बारिश किसी दूसरे अजनबी पानी के साथ मिलकर तूफ़ान में बदल रही है। सड़क पर ट्रकों का आना-जाना रुक गया। शायद सैलाब आ है।

गड्ढे में उकड़ूँ बैठे-बैठे पानी मेरे घुटनों तक आ पहुँचा। मगर मुझे पता है कि ये मेरे सिर से ऊँचा नहीं हो सकता। इसे उतरना पड़ेगा। हर पानी को और हर बाढ़ को एक दिन बहरहाल उतरना ही पड़ता है। मैं अपने जूते में रखी हुई, पानी से तर-ब-तर ख़ुदकुशी को हाथ से थपथपाता हूँ और तूफ़ानी बारिश में एक-बार सँभल कर उस गढ्ढे के तारीक[2] पानी में सर झुका कर उकड़ूँ बैठ जाता हूँ

1 मनी संबंधी 2 अंधकारमय

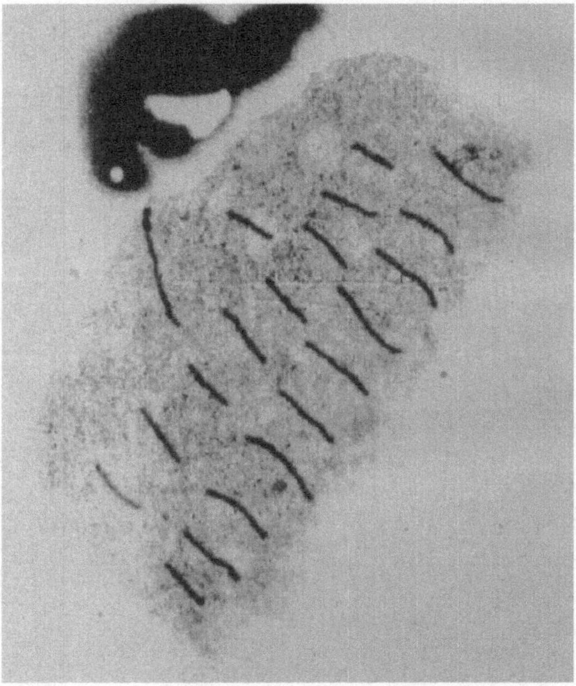

आख़िरी वरक़

ला-महदूद[1] और बेकराँ[2] ज़मानों तक-------

1 असीमित 2 तटहीन